家乡那方水土

主　编　郭宝花
副主编　傅越鹏　张克奇

山東文藝出版社

图书在版编目（CIP）数据

家乡那方水土/郭宝花主编. —济南：山东文艺出版社，2015.1

ISBN 978 - 7 - 5329 - 4912 - 0

Ⅰ. ①家… Ⅱ.①郭… Ⅲ. ①散文集—中国—当代 Ⅳ. ①I267

中国版本图书馆CIP数据核字（2015）第017274号

家乡那方水土

郭宝花　主编

主管部门　山东出版传媒股份有限公司
集团网址　www.sdpress.com.cn
出版发行　山东文艺出版社
社　　址　山东省济南市英雄山路189号
邮　　编　250002
网　　址　www.sdwypress.com

读者服务　0531-82098776（总编室）
　　　　　　0531-82098775（市场营销部）
电子邮箱　sdwy@sdpress.com.cn

印　　刷　三河市嵩川印刷有限公司
开　　本　710毫米×1000毫米　1/16
印　　张　15.5　插页/8
字　　数　200千字
版　　次　2015年1月第1版
印　　次　2021年8月第2次印刷
书　　号　ISBN 978-7-5329-4912-0
印　　数　1-3000
定　　价　49.80元

沂山百丈崖瀑布

国家级非物质文化遗产——东镇沂山祭仪

天下第一雄狮——沂山狮子崮

灵气所钟——康熙沂山御笔

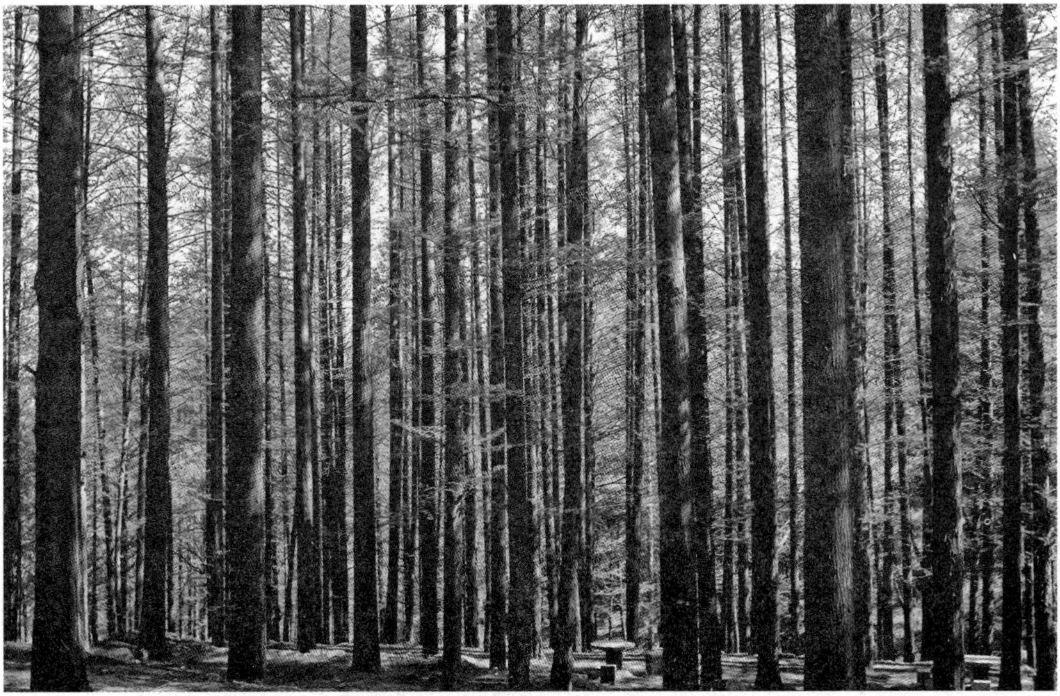

江北著名的水杉林——临朐嵩山林场崔木林区水杉林

嵩山自然风光

黑松林生态景区

全国七十二大名泉之一——老龙湾

山东省重点风景名胜区——石门坊

八岐山秋色

世界化石宝库——山旺国家地质公园

临朐手绘年画

国家级重点保护文物——北齐崔芬墓壁画

临朐红丝砚

临朐五彩石

江北最大的奇石交易市场——临朐奇石市场

明代江北第一位制科状元马愉

明代著名散曲家冯惟敏

国家园林县城

最是难忘故乡情

——代序

游子千里梦，依依桑梓情。

诗文集《家乡那方水土》即将付梓出版，捧读书稿，心头沉甸甸的。这是一部述说乡情、描绘地域风物的作品。书中收入散文、随笔、诗歌41篇（首）,系34位临朐籍游子的集体创作。这些作者均是当前活跃在全国宣传文化战线上的知名人士，他们中既有作家、诗人、书画家，也不乏党政机关干部，各大媒体的记者、编辑、总编辑。这些作品或清丽隽秀，或大气磅礴，或深刻凝重，充分表达了他们对家园故土的深厚情感和殷切期望。这些从心底流淌出来的文字至情至性，有真挚的亲情，质朴的乡情，还有醇厚的风情。无论是追忆怀旧、钩沉探轶，还是写景记游、状物抒怀，无不感情炽热，文采斐然，充满生命的质感和亲情的温度,不仅蕴含了浓郁的家园情结，更张扬着强烈、鲜明的家国情怀。

临朐地处山东半岛中部，历史文化底蕴深厚，自西汉置县讫今已两千余年。境内山水奇观众多，文化旅游资源丰富，有大汶口文化、龙山文化、齐长城、北齐崔芬墓壁画等古文化遗址363处，有位居“中国五镇之首”的沂山、“天下七十二名泉之一”的老龙湾、“世界化石宝库”山旺国家地质公园、“不是香山胜香山”的石门坊等旅游景点21处。尤其是素有“东泰山”美誉的沂山，雄踞鲁中，冠冕沂蒙，是国家级森林公园、国家5A级旅游景区。李白、欧阳修、苏轼、郑板桥等历代诗人名家慕名而至，留下了大量脍炙人口的美文。

在这片钟灵毓秀的土地上，曾孕育过三国魏高士管宁、明代江北第一制科状元马愉、明代散曲第一大家冯惟敏等一批名家巨擘；长期积累沉淀，孕育形成了崇文重教、尚德守信、思变善化、坚韧不拔的文化禀赋。可以说，临朐的每一方土地，都有灵山秀水与古代文明的交相辉映。新时期以来特别是近年来，临朐文化在传承中弘扬，在创新中发展，焕发出更加夺目的光彩，成为久负盛名的“小戏之乡”、“书画之乡”，被评为首批“全国文化模范县”、“中国民间文化艺术之乡”。在这片文化厚土上，临朐文化活水丰沛奔涌，文化人才辈出。本书中的作者，就是他们中的佼佼者，他们怀揣梦想，走出临朐，以临朐人特有的文化基因和聪慧勤劳，开创出了一片片崭新的天地，成为临朐文化的一个个鲜活标符，为家乡增了光，添了彩。

家乡的山水风物，对一个人的影响是至深的。一个人不管他离开家乡多久，走得多远，家乡的山都矗立在他的心中，家乡的水都流淌在他的血脉里。县委宣传部策划组织的这次诗文征集活动，一经倡议，就得到了他们的热烈响应和踊跃支持。他们不顾工作繁忙，拨冗伏案，饱蘸激情，把对家乡的深厚感情诉诸笔端，形成了一篇篇热情洋溢的美文佳作。描绘故土风情，寄语家乡发展，尽显游子的拳拳之心和殷殷之意，思想性和艺术性俱佳。尽管家乡的一草一木、山山水水，在他们心中无比熟稔，即便他们博览群书、才华横溢，提起笔来，又往往踯躅再三，反复斟酌，几易其稿。他们对家乡的这种别样情怀和深沉表达，可以看出作者的深思熟虑、匠心独运和寄寓深远，增强了家乡人的归属感和自豪感，无疑是对家乡文化建设的一大贡献。总之，这是一群文人游子与故乡的深情对话，是他们对生于斯长于斯的生命家园的深情咏唱，是献给故乡母亲的一曲曲动人赞歌。

近年来，临朐县委、县政府坚持以科学发展观为统领，紧紧围绕“又好又快，跨越赶超”总目标，大力实施工业立县、文化兴县、旅游强县、生态活县“四大战略”，加快建设富强临朐、文化临朐、生态临朐，走出了一条独具特色的发展之路，先后获得“国家级生态旅游区”、“中国最佳生态旅游县”、“全国绿化模范县”、“国家园林县城”、“全国果品生产百强县”、“全国牛奶生产50强县”、“中国（江北）铝型材第一县”、“中国铝型材产业基地”、“中国最具投资潜力特色示范县200强”等一批“国字号”荣誉。临朐变得越来越绿，越来越美，越来越富，日益成为一个宜居宜业宜游的好地方，犹如一颗璀璨的明珠镶嵌在齐鲁大地。这些成绩的取得，离不开在外游子们的鼎力支持和帮助。家乡将来的建设和发展，更需要他们一如既往地予以关心、支持和帮助。“胡马依北风，越鸟巢南枝”。故乡，是游子们永远的精神家园。游子与家乡的血脉相连、水乳交融，将随着岁月的流逝而愈加浓烈、深厚、绵长。

《家乡那方水土》的征集出版，是临朐文化建设的一件盛事，不仅加强了家乡与在外游子的沟通交流，更为外界认识临朐打开了一扇新的窗口，成为宣传展示临朐的有力载体。此书也是一部爱乡、励志的典型教材。家园难忘，故土情深。希望通过本书的征集出版，把家乡和游子连接得更加紧密，手牵手，心连心，把我们共同的家园建设得更美好，更富饶。

读文生情，感慨颇多，写下以上文字，权为序。

二〇一四年十二月

（作者系中共临朐县委书记、县人大常委会主任）

目　录

状元马愉的故乡情

马庆洲

“鸟飞反故乡兮，狐死必首丘”（屈原《涉江》）。对游子而言，“故乡”是一个永恒的存在，“思乡”是一种割不断的情怀。无论是读书为官，还是戍边经商，无论是身在庙堂之上，还是沦落江湖之远，这种情愫总会与之相伴。近研马愉《澹轩文集》，感觉字里行间充溢着一种浓浓的乡梓情怀，这位荣显之极的状元的故园之思，数百年之下，依然撼人心弦。对此作一番钩沉，除了有所寄托外，也能借以观察传统社会中士人和家乡的关系，以及“城”与“乡”之间的互动关系。

马愉，字性和，号澹轩，山东青州府临朐县朱位村人，生于洪武二十八年（1395）九月。自幼聪慧异常，四岁便能属对，协声律。稍长，出语惊人，祖父钟爱之，知其必能广大门庭。入邑学后，备览群籍，“力学至忘寝食，为文章敏赡，不务雕斫，而浑厚典雅，自不可及”（嘉靖《临朐县志》卷三）。永乐十八年（1420），以礼经夺省魁。次年春，欲赴京参加会试，途中得病误期。永乐二十二年甲辰科会试，因守继母孝，又未成行。宣德二年（1427），马愉终能进京赶考，赴会试与殿试，一举大魁天下，时年33岁。

宣德二年的会试，是宣宗朱瞻基即位后的首次科考，俗称“龙飞榜”。同时，这也是明代第一次实行南北取士。因此，马愉大魁天下便成为一件具有标志性的大事。史称：“国朝登科以来，南北并试，未有北人居首选者，有则自愉始也”（雷礼《国朝列卿纪》卷十）；“自洪武开科，惟三十年夏榜赐韩克忠第一人，盖专试北士也。是科，始分南、北、中卷取士，而北人预首选亦自此始”（《明通鉴》卷十九）。马愉“以东齐之秀魁天下士，北方学者与有光”（《皇明通纪》）。

明代状元及第即实授翰林院修撰，为从六品。宣德九年，宣宗选拔史官及庶吉士37人进学文渊阁，以马愉为首。正统二年（1437），马愉升为侍读学士。正统三年，以与修《宣宗实录》成，升侍讲学士。正统五年，由杨士奇荐，入阁预机务。明代不设宰相一职，凡入阁者，即称宰辅，时人目为宰相。时宰辅共五人，首辅为杨士奇。正统十年，马愉升任礼部右侍郎。正统十二年，因中风猝逝。赠翰林院学士、资善大夫、礼部尚书，赐谥号“襄敏”。马愉去世后，其诗文被后人辑为《澹轩文集》（也有简称《马学士文集》者），《四库全书》著录于《集部》存目中。

马愉53岁即辞世，入阁时间不长，且其时王振已专权，政治上尚未能施展其才蕴，建树不多。因而，随着时间的流逝，其人其文逐渐淹没在了历史的尘埃之中，不为更多人所知。只有其后世裔孙，继承并发扬其精神，诗书传家，代有人出，蔚然临朐望族。但细览有关史料，我们可以发现这样一组数字，从中找到马愉的历史价值：据统计，有明一代276年，共产生状元89人，史有传者38人，由状元而入阁参予机要者11人，状元官学士者23人，状元有谥号者20人，状元而有诗文集传世至今者47人。而这几项，马愉均在其列。由此，我们可以肯定地说，在明代状元群中，马愉堪称出类拔萃，在长江以北，则更无出其右者。

自释褐入朝到猝然而逝，马愉在外整整二十年。在古代，状元为荣极之人，宰相为官极之人。马愉由状元而入阁，荣极一时。即使如此，故乡临朐依然是他梦萦魂牵之所在，他对故乡山山水水的热爱、对故里家乡亲朋好友的思念，都藏于胸中，流露在笔端。

马愉的乡梓情怀，首先体现在他对远在家乡的父母、兄弟以及同窗旧友的思念，是一种“故人之思”。所谓故土者，有父母之谓也。自汉代以后，中国历代统治者都强调以“孝”治天下，对士人此一方面的要求极高，在品德上具有“一票否决”的意味。马愉自幼即为至孝之人，史载，他八岁时丧母，哭踊如成人，哀毁逾礼。入翰林院后，马愉便一直生活在京城，远在家乡的父亲和继母，一直是他的牵挂。他在《永嘉县丞思母》一诗中云：“游子以何远，双亲别几年。望云常在睇，戏彩更无缘。梦绕合肥北，心驰雁岩前。何时遂归省，锦鲤荐芳筵。”此诗写出了希望能够在父母膝下尽孝的期盼，虽是赠诗，抒发的又何尝不是自己的椿萱之思？临朐同乡刘源清在太医院从医，因母亲年高请辞回乡，临行之际，马愉赠文相送，并感慨道："今归奉寿母在高堂之上，诸弟若侄朋戚旧故，长少咸在，怡怡欣欣，捧觞为乐，则母氏悦豫欢畅，年虽加而身愈康。源清于是喜跃忭蹈，快然以自庆其幸也，为何如哉！噫！予二亲在堂，别来数岁，未卜归养遂在何日。故因源清行，临文重有所感"（《送刘源清还乡养母序》）。对同乡能够回家奉养老母，共享天伦之乐，马愉为之高兴，语中不无艳羡；而对自己不知何时才能归养高堂，又流露出一种迷茫和无奈，颇令人心动。

马愉是家中唯一的男嗣，放心不下家中的老人，他曾想把父亲士贤公接至身边，但因其年事已高，且依恋故土，终不能如愿。于是，马愉就把自己的俸禄转至乡里，用于奉养双亲，甘旨丰备。马愉是正统皇帝朱祁镇的经筵老师，时常会得到皇帝的一些赏赐，马愉也总是托人带回去，让家中亲人分享。马愉对父亲的挚爱，到了一种"心有灵犀"的境地。史载，正统十一年（1446），马愉父亲在家生病，他忽然心动，夜里彷徨不寐，第二天，即以情乞归视，得到英宗批准。英宗还特命驾乘驿马疾行，并加赐道里费。马愉不期然回到家中，其父惊喜异常，病也因此痊愈。但此次省亲，不到十天时间，士贤公感激皇帝恩德，劝马愉尽早回朝，竭忠图报，不要牵挂家中。而第二年，马愉即因中风而猝逝。千载之下，每看到这段记载，笔者总生出无限感慨，情浓之处，或许真的就会产生一种感应吧！

除了父母之爱，对宗族、兄弟之情，马愉也有一种深深的向往和怀念。临朐人李真，是永乐三年（1405）举人，任户部主事，宣德四年（1429）九月，归老还乡，马愉作《送李孟彰还乡诗序》相送。文中云："孟彰之归，放乎山林，游乎田野，守祖宗丘园庐舍，会乡邦兄弟。宗族或登垄拜扫，或因时庆集，怡怡愉愉，少长咸在；又必为烹羔刲豚，置酒交欢。于时醉兴吟怀，肆志乎偃仰之间，其乐为何如也！"悠游乡里，兄弟怡情，也该是马愉自己的期盼吧？

对昔日同窗，马愉也时常在念中。马愉有一首《柬寄骈庠诸友》，不见于《澹轩文集》，但手迹尚存，其《序》云："昨谒黉宫诸友，行辈先后相半，以余旧同游也。咸欣喜加敬，亲爱殊厚。既来京，缅想于怀，特成近体一首，少甚伸报谢，兼致相期之意云。"人生如参商，相期不知在何时，也只有寄情诗文了。

马愉的乡梓情怀，还表现在他对故乡一草一木的怀念、对故乡黎民百姓的牵挂，是一种"故园之思"。

马愉家乡临朐朱位，南依东镇沂山，西枕悠悠弥水，属齐国故地，风光秀丽，文化底蕴深厚。对这片土地，他热爱有加，时有表露："余青，古齐国地，井里连络，疆袤旷远，所谓鸡犬相闻之境也"（《送孟太守之青州序》）；"余青之为府，隶郡邑凡十四，出赋为万，不下五六十；抵输之所，亦常四三其地"（《送陈判府考绩还任序》）；"予青州，大府也，隶州县十四，地方千余里，闾阎相望，烟火相连"（《送郭通判考绩序》）。这些情不自禁的颂扬之辞，表明马愉对家乡有着非同一般的感情。

马愉虽身居朝中显要，但他没有忘记家乡的父老乡亲，关心着他们的生活，与他们同悲喜。每当有人从家乡来，他总不忘问询那里的情形，年成的丰歉，百姓的生活，官吏的循良，年轻人的教育，等等，都在他记挂之中。“比岁乡人至京，予每询其田里生业丰俭，与夫人情休戚之状，事为缓急之形”（《送青州二守严公还任序》）；“比乡人来，予必询及田里事”（《赠宋贰尹考绩还任序》）。这样的话，在《澹轩文集》中不止一处。对于到临朐任职的官员，他总不忘劝导他们，以仁厚之心对待百姓。正统年间，傅梁（字希贤）以国子生出任临朐判簿，上任之际，马愉受邑人之请作《送傅判簿之任序》，告诫他：“今临之，宜思所以副朝廷责任，牧民之意。……以礼让相睦，不自构隙，导迎德泽，俾民受其惠，庶乎无倍幼学壮行之初心，而且有誉于后也。予之所以望于希贤者若此”。

对于那些慈惠百姓、政声良好的地方官，马愉毫不掩饰自己的喜爱，撰文褒奖。开封府睢阳人宋信（字本忠），于正统四年（1439）出任临朐县丞。初至，正逢大旱，他与知县虔诚祷雨，感动上天而雨水丰足，当年五谷丰登。又一年，赶上蝗灾，他露宿野外，督导丁壮逐捕焚埋，灾势减轻，当年年成也达到中等。此外，他不恃威虐，没有造成冤狱。这些做法，使宋信赢得了百姓的赞扬，马愉“闻其说，胸次洒然为快，喜予邑得若贤佐也”，在宋信三年进京考绩之时，欣然作《赠宋贰尹考绩还任序》相送。山西太原人孟迪（字公辅），正统二年升任青州知府。在任期间，一改前任弊政，“行事必平易趋简，求近民情，不为矫激。……在郡于今几十年，德政之美，有不能悉述”。马愉嘉其德政，“序而赠之，非徒以着夫郡人受公实德之深，且将告夫后之为政者，尚取于斯焉”（《太守孟公德政序》）。

陕西华阴人严大宾为青州府同知，“二守严公大宾，稽理戎务，数莅于属邑，为人廉公宽恕，岂弟乐易，爰人如慈父母之于赤子。凡是非当否、人情直枉，必研核至再然后行。故人或远戍者，无怨焉。予闻之，窃自称叹。”因此，三年考绩还任之时，马愉作《送青州二守严公还任序》加以鼓励，“为之传述播扬”。

对于故土，马愉不仅仅是思念，也不仅仅是希望能有机会悠游其中，求一已之乐，他更希望的是能够对家乡有所贡献。因此，他在诗文中经常勉励同乡中的读书人，期望他们能够以自已的所学，影响后人，造福一方。他在《送李孟彰还乡诗序》一文中说：“苟能以诗书礼义之方，训诸子孙，施诸族党乡里，修身齐家，俾人因为之范，斯不负初父师教育读书之懿训，与国家悯怀宽纵之洪恩。又岂徒顾夫田园之乐，苟终天年，甘与草木鸟兽同于腐坏澌尽泯灭而已哉！”

马愉的乡梓情怀，还有一个重要的方面，就是他对同是远离故土的同乡的关怀，体现了一种“同乡之谊”。由于能力、机缘等各方面的差异，同是在外的同乡，境遇也各不相同，马愉总是尽自已所能帮助那些有需要的乡亲。杜宁，字宗谧，浙江天台县（今属台州市）人，是宣德二年（1427）榜眼，与马愉长期共事于翰林院，相知甚深。他在为马愉所撰《状元澹轩公行状》中称：“公笃于为义，不事厚蓄，所得禄赐，遇乡人居京师贫者周之，寒且饥者衣食之，死则棺敛之，无吝色。”此话当是知人之言，而非阿谀之词。

对于同乡，马愉更关心的是他们在仕途的成长，对后学、晚辈，每每加以鼓励，有求诗、求文者，总是有求必应，鼓励、劝勉他们加强自我修养，安心自己的职位，多为国家做贡献。据不完全统计，《澹轩文集》中写给临朐同乡的诗文约有11篇；写给临朐官吏的有8篇，从知县、县丞到判簿、典史，几无遗漏；写给青州府其他各县同乡的有13篇；写给青州官员的有10篇。另外，写给山东其他各地乡友的有14篇，写给到山东省及山东其他各地任职官员的有8篇。这些可以确认的与山东人和山东官员有关的诗文，共计74篇（首），约占其诗文总数的七分之一。由此也可以看出，乡情在马愉心中的分量。

尤其难能可贵的是，马愉虽然贵为状元，地位显赫，但对任何人，无论其地位高低，都一律平等善待。临朐同乡井渊，于正统九年（1444）冬赴山西任典狱之职，临行向马愉告别，并求言，马愉“以其有桑梓之好，因以其居小事大、存心恤人者语之”，勉其不要因为官职卑微而自弃，“今典兹狱，其亦以爱己之心，推之于人，毋以非道妄加，俾至困苦呻吟，陨于非命。古人有以治狱积阴功，荣显厥身，庇及后裔者，不可不知。他若守己以廉慎，莅事以公勤，皆仕途立身之大节，不待予言。君当砥砺而服膺者”（《送井敬安之官序》）。诸如此类推心置腹的劝勉，马愉诗文中所在多有。无怪乎马愉逝世后，“公卿士大夫吊者相属，莫不陨涕痛惜焉”（《行状》）。

故乡，这是游子永恒的精神家园。而对于乡村，仕宦在外的游子，又是它与外界联系的重要渠道之一，起着沟通城乡的作用。尤其是在科举鼎盛的明清时代，那些进士、举人，处在文化的塔尖上，是社会的精英，无论仕宦在外，抑或致仕还乡，他们对家里都有着重要的影响。在皇权不下乡的传统社会中，这些曾经游历四方的士子、商人，是“乡绅社会”的重要组成部分，是乡村自治的中坚力量。遗憾的是，这种乡绅社会，在1949年以后被中断了，乡村的人才只见其出，不见其回，而当下“城市化”在突飞猛进，不许“城里人”回流到农村，居然也成为一种政策。不敢想象，当稍微有点知识的年轻人都远离了乡村，乡村还能剩下什么？当乡村不复存在，那些思乡的人们又到哪里去寻找那种“乡愁”？

作者简介

马庆洲，男，汉族。1966年生，临朐县东城街道胡梅涧人。2001年毕业于北京大学中文系，获文学博士学位。现为清华大学出版社编审。主要研究方向为先秦两汉文学与文献。出版有《淮南子考论》、《淮南子今注》、《说汉赋》、《两汉文选》等著作，发表学术论文数十篇。近年涉足宗族及乡邦文献研究，完成国家级课题《澹轩文集校注》，并发表相关论文近十篇，详细考证了马愉生平及其交游等，填补了马愉研究的空白。

冯惟敏与我的文化乡愁

于全义

临朐乡贤辈出。数不清的乡贤像星星一样闪耀着，弥河两岸留下了他们或清晰或模糊的光影。作为后来者，我曾经在星空下长时间守望，也曾经在弥河两岸执着地寻觅，最终还是被冯惟敏吸引了。冯惟敏大量的文学作品提升了我的思想高度，也抚慰了我越来越强烈的文化乡愁。

我在孩提时代就知道冯惟敏，知道他是明代第一流的散曲家和杂剧作家，知道他是临朐人，如是而已。真正进入冯惟敏的精神世界，还是在我来到潍坊之后。加上求学时间，我在潍坊已经生活了25年。就历史长河来讲，25年仅仅是短短的一瞬；但对于我的人生历程来讲，25年确是相当漫长的。我在潍坊收获了爱情，在潍坊实现了诸多的梦想，也被不少外地人当作了潍坊人。

我是潍坊人吗？当然是。但更准确的回答是，我是临朐人，生活在潍坊。

“男儿立志出乡关，学不成名死不还。埋骨何须桑梓地，人生无处不青山。”西乡隆盛这首诗曾经让无数青年热血沸腾，也曾经无数次激荡起我青春的热情。可是随着年龄渐渐增长，我越来越思念桑梓地，而且特别想家。这个家不是我在潍坊的寓所，不是父母在临朐县城的寓所，甚至也不是我儿时生活的那个小村子。这个家不是具体的，却又是可以触摸的。

其实，我对家的思念，更多的是一种文化乡愁。

因为每次翻阅冯惟敏的著作，我都仿佛感受到了来自故乡的春风，仿佛品尝到了故乡甘洌的泉水，让我感受到了家的温馨和美好。冯惟敏的作品，不管是《海浮山堂词稿》、《山堂缉稿》、《石门集》、《冯海浮集》，还是《梁状元不伏老玉殿传胪记》和《僧尼共犯传奇》，我几乎都能从中找到故乡的印记，几乎都能从中找到童年的印记。

尽管生活在不同的时代，同为临朐人，我和冯惟敏都是喝着弥河水长大的，都迷恋弥河两岸那片不怎么丰饶的土地，都渴望拥有更加广阔的世界，但又永远恋栈着故乡的山水。冯惟敏有一首绝句题为《雨余游沂山闻莺》：“好雨初收百卉青，马蹄泛泛扑沙汀。空山一个黄鹂语，胜向烟花闹处听。”第一次阅读这首绝句，我便犹如进入了熟悉的沂山，仿佛在家里就听到了黄鹂的鸣叫。冯惟敏有两首题为《游冶水》的律诗，分别为“缘水多幽事，依山乐隐居。闲情便竹馆，薄供爱园蔬。草木含元化，池塘浸太虚。悠然尘事远，梦亦到华胥”和“野人掩蓬枢，日晏枉佳客。斗室隘周旋，临流坐卷石。山气媚返景，潭光静虚碧。呼酒时不来，冥冥烟水隔”。阅读这两首律诗，我不仅感受到了老龙湾的自然景色，还感受到了冯惟敏散淡的心境。

我喜欢冯惟敏的作品，不仅仅因为能从冯惟敏的作品中看到亲爱的故乡，更重要的是因为能从冯惟敏的作品中看到故乡人的身影，尽管那些身影并不都是熟悉的。

临朐多山，山留给我的多是美好的记忆。我儿时生活的那个小村子三面环山，山口有一处长年不断的山泉。山泉水从一段山崖流下，在山根形成一条小溪。小溪的流水声是最美的一曲音乐，我听过很多场音乐会，没发现一场音乐会能像小溪的流水声那样荡涤我的灵魂。少年时的我经常沿着弯曲的山路，来到一处叫坪的地方，坐在卧牛石上欣赏小山村的四时美景，憧憬山外的陌生世界。因为长期浸润在山的环境中，我竟然能从冯惟敏并非写山的作品中读出山的形象，读出临朐人的性格。

冯惟敏的杂剧《梁状元不伏老玉殿传胪记》，创作于其第七次会试受挫之后，也就是46岁以后。这部杂剧写的是北宋梁颢皓首穷经、屡试不第，终于在82岁中得状元的故事。剧中梁颢“自幼读了万卷诗书，颇有奇志”，早年便在山东省试中得第一名解元，但后来“屡试春闱不第，不觉两鬓皤然，年华高迈”。身边的亲友劝他选官，他认为自己读书一场，不愿“负了平生之志”，每逢大比之年，仍然准时赴京会试。他受尽青年士子、考场监门官以及自家书童的奚落和嘲弄，处境十分尴尬。他虽然偶有归隐之念，但依然壮心不已。

他在“鏖战文场五十秋”之后，最终于82岁那年高中状元，“了得功名二字”。梁颢史有其人，根据中华书局标点的《宋史》的校勘记来看，梁颢于雍熙二年（985）中进士，卒年仅42岁，关于他82岁中状元的事情不可能发生。冯惟敏之所以如此选材，自然有他的一片苦心。我从冯惟敏的这部杂剧中所读到的，绝不仅仅是科举制度对士子的人格侮辱和肉体摧残，绝不仅仅是士子落地之后的尴尬处境，更多的是冯惟敏继续科举的决心，更多的是临朐人所表现出的百折不挠的性格。恍惚之间，我经常感觉梁颢就生活在临朐的某处山峪，是个地地道道的山杠子。

临朐富水。如果说山塑造了临朐人坚强的一面，那么水则赋予了临朐人智慧的一面。临朐人做事百折不挠，虽九死而犹未悔，是在深思熟虑之后的，绝不是逞一时之快的匹夫之勇。

我学会骑自行车之后的第一次远行就是去老龙湾，因为冯惟敏曾经在那里生活过。冯惟敏的另一杂剧《僧尼共犯传奇》虽然没有写到水，我每次阅读，似乎都能听到潺潺的流水声，而那流水声跟我们村子南面那条小溪的流水声有着同样的节奏和韵律。

《僧尼共犯传奇》的主角是龙兴寺和尚明进与碧云庵尼姑惠朗。他们正值青春年少，因本能情欲的萌动而相爱，并大胆冲破宗教清规的束缚，在尼庵里私下结合了。天将破晓时分，他们被街坊发觉，扭送至官府问罪。到了官府，明进与惠朗战战兢兢，没想到钤辖司官吴守常将二人打了一顿板子后，断令他们还俗，并说“杖断还俗，是法当如此。成就两人，是情有可矜。情法两尽，便是俺为官的大阴骘也”。结果，二人名正言顺、欢欢喜喜地缔结了良缘。

佛法教规视人欲为万恶之源，尤以情欲为首，二者之间水火不容。剧中的吴守常另辟蹊径，以先打板子后判“还俗”的方式，巧妙地解决了这一矛盾。颇为巧合的是，郑板桥在主政潍县期间，竟然遇到了跟《僧尼共犯传奇》高度相似的案情，郑板桥的处理方式，也跟《僧尼共犯传奇》所描述的高度一致。

关于《僧尼共犯传奇》的故事，后来者很难再遇到，生活中的矛盾却无处不在。如何化解各种各样的矛盾，始终考验着每一位后来者。冯惟敏通过《僧尼共犯传奇》呈献给后来者的，恐怕绝不仅仅是一个喜剧故事。《僧尼共犯传奇》创作于万历四年（1576）前后，当时冯惟敏已经66岁左右，可谓历尽世间沧桑了。他通过这部作品所强调的与人为善和变通，何尝不是对临朐人性格的另一种注解。

仁者乐山，智者乐水。因为与山水为伴，冯惟敏非常自然地形成了包容的胸怀，形成了深邃的视野。因为从小生活在冯惟敏生活过的土地上，我非常自然地进入了冯惟敏的精神世界。每当对家产生强烈的思念，尤其是不能立刻出现在弥河两岸的时候，我便会捧起冯惟敏的作品，因为那里深藏着我绵绵的文化乡愁。

作者简介

于全义，男，1965年12月出生于临朐县寺头镇孙家庄村。现任潍坊日报社党委委员、副社长、副总编辑，兼任潍坊晚报传媒有限公司执行董事、总编辑。1987年7月参加工作，大学学历，高级职称。1987年7月至1992年4月在临朐县工作，历任临朐师范学校语文教师、县委宣传部新闻干事。1992年至今在潍坊日报社工作，历任潍坊日报记者、编辑、副主任、主任、社长总编助理、集团编委。坚持新闻写作20多年，发表作品数百万字，上百件获各级各类新闻奖。先后被评为潍坊市十佳新闻工作者、潍坊市十佳记者、潍坊市宣传思想工作先进个人、潍坊市百名优秀文化工作者、潍坊市优秀宣传干部、山东省优秀新闻工作者；2010年被市政府授予2010—2014年度潍坊市专业技术拔尖人才称号。

冬季感怀

王庆元

秋天关上了最后一扇窗子，南飞的鸟儿留下了一串归去的叫声，人们不自觉地将手插进衣兜，冬天便悄悄地来了。

从西伯利亚来的风，横吹过原野，在树梢电杆墙角处嘶叫，将一个世界的冷酷，凝缩成一首刺骨的曲子，反复地奏鸣着。这时候，太阳全没有了先前的热烈和光辉，似一位漠然的老人，旁盯着物的瑟缩和颤抖。黄花凋零枝杆兀立，繁茂归于沉寂，自然界在寒流中已不胜承迎，显得无奈。

并不是上帝将所有的不幸都降临到全部的冬季，冷酷里也自有一份美的营造，给人留下许许多多冬天的留恋。风雪天里，呼着白气吃一碗热热的羊肉汤，喝一壶热辣辣的烧酒，着实有一番醉心的惬意，也觉得心有三春。爱美的女性，服饰虽失却了夏日的飘逸，却多了紧裹的风韵，一方口罩捂严了生动的口鼻，只露一双秀眉亮眼，忽闪着“快门”，收获着羡慕，收获着欣赏，也收获着陶醉。尤其那些颜盛形茂的女郎，故意将全身弄得复杂，遮遮掩掩，神秘莫测，引诱旁人去捉摸品味。

冬天，或许是童话的季节，总是给人以美好的回忆。记得童年时候，在老家那个沂蒙山区的小山沟里，尤其留恋冬天的夜晚，月光幽幽，少男少女聚一家中，围着火炉，听老人展开故事天地，鬼狐神怪，奇闻轶事，亦听得如痴如醉。那长长的冬夜，不时有几声狗吠，幽静深远，如梦如幻，四散之时，都怯怯地照应着，一阵关闭大门的咣当声，一个冬夜的故事在心中定格。那股严冬里的暖意，多少年也不会忘记。

自然的美也是在冬天里孕育的。严寒残酷地将一切陈旧剥去抛掉，寒风耐着性情一遍遍地梳去繁杂，无情地剔除夏日丰厚起来的臃肿，给大自然一次痛苦的减肥，大地变得空灵苗条了，变得静穆了。冷的深处却又萌生着花与芽，生命凝聚着奔发的力量，等待着春的呼唤。冬是积聚的过程，寒气中凝缩着热的张扬，一切都为了来春的扩张。虽然凝聚是一种痛苦，虽然等待是一种艰辛，但生发却是一种蕴藉和快慰。无论是冬季的蕴含，或是冰雪的凝聚，无论是天寒地冻的雄奇，或是火炉热酒中的惬意，自然界和人类无论如何也离不开思索的冬季。冬季自有冬季的美，冬季自有冬季的魅力，人生也在经历着春夏秋冬这一规律，生活、友谊、情感无不包含着四季的真谛！长长的人生旅途，也许有人忘情于得志的花季，也许有人悲叹于失意的冷落，但生活最终总是既有严峻也有笑靥。

哦，冬季！无花的季节，却是深沉思索的时候，是蕴含生发的岁月！它给人以深刻和留恋，它给人以神奇和美丽。有了它，才孕育出多彩的春季！

我们需要痛苦的积聚，我们需要冷酷的沉寂，在春天里生发，在夏日里繁盛，在秋季里收获，又在冬天里凝聚。冬季，消磨掉张扬与浮躁，沉淀着低调与深刻！……这就是季节给予生活的启迪！

作者简介

王庆元，字深伏，号龟泉子，临朐县冶源镇人。历任青海省武警总队政治处主任、武警指挥学院副政委，青海省文学艺术界联合会秘书长、副巡视员。现为青海省书法家协会主席、中国书法家协会理事、中国书协产业发展委员会副主任，青海省作家协会会员。书法作品多次入选中国文联、中国书协主办的书法展览，多幅作品被刻碑、刻石。在省级以上报刊发表书法评论文章20余篇。2002年被中国书协评为“德艺双馨”会员，2004年、2009年获青海省政府文艺创作奖。

春联琐忆

王承典

故乡的春联，是极其讲究的。乍看去，不过是写了些个吉祥话儿的红纸片儿，实则是人间祸福的晴雨表。比如，谁家的日子过得红火，那对联便格外硕长，内容也格外火爆；谁家有了丧事（尤其长者逝去），便连续两年不得张贴红联。这联子广泛的意义，该说是人间向往美好生活的祈年辞。你到各家走走便会发现，床头的上方，贴上“身卧福地”“身体康泰”；粮囤上、面缸上，甚至水缸上得贴“酉”（取“有”的谐音）；影壁墙上多数写一个大“福”字，且须将字儿颠倒了贴上，取“福到”之意；出大门紧冲着的地方，则写上“出门见喜”之类。这里头的学问，不胜细数，俨然一门独立的学科，自成体系，章法井然，深入浅出，雅俗共赏。

故乡的写春联，又是极其神圣庄严之事，虽然现时下，农村里识字的人多的是，阿猫阿狗的随便去商店或小摊上扯张丹红纸，找支秃笔抹几道黑也算得是，早些年可绝不这般，那是非圣贤者流不可为之事。像我们上百户人家的大村子，每年写春联的活，只能由一个老私塾先生操扯。这位老先生从不抱怨，村上人也坦然，双方都觉得这如同雨从天上下、米从地上长一样的正常。于是乎，每年到了腊月，这位穷困潦倒、日之夕矣的落第秀才，总在当院把大桌摆下，冲上壶极淡的茶，缓缓地把大伙送来的一卷卷红纸展开，边品茶，边摇头晃脑、哼哼唧唧，极其认真、一丝不苟地写了又写。直到除夕的前一天下午，这项浩大的系列工程方告竣工。

孩提的我放了寒假闲得难受，总是不厌其烦地把摇头晃脑的他奉陪到底的。年复一年。究竟是这活儿多，非干到这种时辰才能干完呢？还是这老师爷非要在这种神圣的气氛里过足了瘾才肯歇手？我不得而知。

这年冬天的一个早上，我刚要去老先生家，我的当医生的父亲极其神圣地把我叫住，将一卷裁好的丹红纸和笔墨给我，要我学写春联。我先一怔，随后照办。写什么词呢？“照老先生的词写吧？”我仰脸请示父亲。“别老写些陈谷子烂芝麻，书总不能白念了，自己编着写。”费了一会儿脑筋，我终于模仿书上的对句，编出了两句：“绿芽茸茸薄冰下，春色融融飞雪中”，横批实在想不出，便信手写下“春天来了”四个字。写完怪害臊，什么对子？绿芽和春色不太对仗，横批像说白话，毫无诗情画意，也无吉利可言，狼来了也是这么说法，字也写得歪歪扭扭，七大八拉小。父亲却乐不可支，连声夸好。

我的对联贴出去，在我们村里爆出了一大新闻，词是自编的，字是难看的，招来了不少识几个字的好奇者。老先生亲临现场，背着手看了好一阵子，然后嘴巴子撇到了一边冷冷地瞅我一眼，摇摇头，哼哼唧唧地踱开去。不料这吃螃蟹的一试，竟让我与春联结下了不解之缘。第二年的春节，便有十多个本家的爷儿们让我写，还说些鼓劲儿的话。第三年更多起来，那老先生对我反倒友好起来，看完对联，把我上下打量一番，用枯瘦的手在我的肩上使劲按按，摇头晃脑，哼哼唧唧地踱了开去。

没过几年，老先生在一场人为的灾祸中仙逝。那时我已在城市里读书，这噩耗是老先生的儿子、村贫农主任七叔事后告诉我的。我的父亲也相继作古。我的心情自然极其黯然了。七叔比我大十来岁，因了写对联的缘故，与我一向交厚。老先生去后，村上写春联的任务大部分由七叔接了下来，另一小部分，由我回家过节时完成。后来参加了工作，远离家乡。城市里过年极不注重贴对联之事，只有谁家公子小姐婚娶了，方在楼洞里贴一回，以示吉庆。春节里操持这玩意的除却夹杂在楼群之中的居民们随时准备拆迁的平房外，所见无几。我却把对故乡的无尽情丝系在了春联上，平时宿舍里总是备有裁好的丹红纸，一俟心血来潮，便来上几幅，到年底，积攒下一大摞子。不能回家过年，就托方便捎回，或发邮件寄走，由七叔分送给他认为适合的人家。当然七叔家是必须贴我写的，大概是在乡下人看来，除了我写的字好以外，还有另一种骄傲潜在其中的罢。于是，在我心中也算是报给家乡了一份赤子之心，感到甜意缕缕，无比的快慰。

那一年的冬天，我像是神经功能紊乱，对周围的一切都烦得透透的，经常生出些未名的恼火，对联也懒得写。妻子说我是想家了，动员我和孩子回故乡过年。一想也是，多年不回去了，该会会父老乡亲了。我想到了春联，至少该给七叔写的吧，写什么呢？那时农村正学大寨，写对联是有一定规范的，不得乱写。我随便从桌上抓起张日报，很容易地找到了两句写在红纸上：斗天地年年闯新路；学大寨步步夺高产。

回到家乡，把对联给七叔送去，他看完了淡淡地问："就写了这么一副？"随后放在一边，谈了些不合时宜的话。正月初一大清早，我去给七叔拜年，走到他家门口，见大门楹联没有用我的，是他自己写的，上联是"二、三、四、五"，下联是"六、七、八、九"，横批是"缺一少十"。我先是哑然，继而明白了其中的含义，心里一惊，下意识地想抬手撕下，又觉得大吉时辰揭对联，在农村是最犯忌讳的，正犹豫着，七叔捂着耳朵接我进屋。坐下之后，我抱怨七叔不该如此弃暴。七叔却冷冷地回答："谁不相信，就到我屋里看看。我还要向中央上书呢，怕甚的，大不了把我这贫农主任给撸了，我正没劲呢。"我把冰窖般的屋子看了一遍，却也无话可说。又来了几个拜年的，我们拉开了别的。都淡淡的。那年的春节也出奇的冷。

去年春节前，接到七叔一封信，批评我忘了老家，措辞相当尖利。我决计再回老家过年。想起了那年对联的事，心里怪惭愧，没给七叔写个好联子，害得七叔招了大祸，节后果真把"官"给撸了。这回该好好写一副。七叔是农村中的知识阶层，既是劳心者，又是劳力者，又读书，又种田，一年四季忙忙碌碌，现在光景好了，年下得好好享受享受。琢磨来琢磨去，佳句偶成：“春夏忙、秋冬忙，忙里偷闲，闲吟古书一半部；劳心苦、劳力苦，苦中有乐，乐饮美酒三两盅。”一气书成，极其中意。

回到故乡，当面交给七叔。老人家眯上眼睛瞅了好一阵子。“老侄，你可真费心思了。好！就来他个乐饮美酒三两盅吧。”几年不见了，酒也滔滔，话也滔滔，老爷儿俩从早晨到傍晚，直喝了个天昏地暗。

正月初一，大清早，照例去给七叔拜年。走到七叔门口又是一惊，我精心杵撰、得意书写的那副对联又没用上，楹框两边是七叔自己书写的并不隽秀的五言句。措辞已改过去文绉绉的做派，完全下里巴人用语。上联曰“上年穿涤纶”，下联曰“今年穿毛料”，横批“不是吹的”。刚要进门，七叔满脸春风地迎了出来。“老侄，先别吃醋，你的大作我当作条幅挂在堂屋正中，不能算辱没你这城里的大干部吧！”我放声大笑，眼睛里却逆潮流而动，汩汩渗出两道热流。吵吵嚷嚷地又涌进一帮拜年的。七婶用水壶烧热了米制老黄酒，七叔陪着我们用茶碗没头没脸地喝起来。“自己做的再来一壶。”七婶小脚踮着胖肚子，又提上一壶扑扑开的。“够劲儿！”我抹一把满脸上的汗，又端起一茶碗向七叔的茶碗碰过去……

作者简介

王承典，1949年出生，临朐县辛寨镇人，毕业于曲阜师范大学中文系，结业于中国人民解放军艺术学院美术系。国家一级美术师。第五届山东省美术家协会主席，第六届中国美术家协会理事，中国书法家协会会员，中国作家协会会员。历任山东省文物局局长、山东省文化厅副厅长，山东省文联副主席、党组书记，中国文联委员等职。20多年来，先后在《人民日报》、《文汇报》、《中国文化报》、《中国美术》、《美术世界》、《红旗画刊》等报刊发表书画作品数百幅，多次参加国内外书画大展并获奖。书画作品被意大利、英国、加拿大、俄罗斯、日本、德国、韩国等国家和地区美术馆收藏。国画作品《桃花源里春来早》由人民大会堂收藏。出版有《王承典画集》、《王承典书法集》、《王承典诗集》、《王承典小说集》等多部著作。

娘远行三年祭

王承典

娘走了，她去了很远很远的地方，开满鲜花的天国路上，一步一步远去了娘的背影……

快三年了，我看见这个世界失去了原来的模样，太阳淡淡地黄着叫人头昏，风儿懒懒的，刮着让人打盹，连开水都变得不再烫人……

清早，我仰望天的东边，晓风残月把一丝凝露洒在我的脸上，那是娘在盥濯，她弹一掬清水替我洗脸；傍晚，我倚门西望，红霞如燃，是娘为我做饭，灶膛冒出的袅袅炊烟。

娘一辈子生了众多的儿女，也为方圆几十里的乡亲们助产了太多的苗裔，有的一家三代竟都是娘接到这个世界上来的。而娘走得太突然，以至她走的时候一些亲人不曾在跟前陪伴。在国外的自不必说，国内的儿孙们也没都能为娘送行。我则在外地，接到噩耗翌日归来时，娘静静地仰卧在省立医院的太平间，白衣白冠，鲜花簇拥，胸前十字架熠熠生辉，俨然天使。那么安详，那么慈祥，虽死犹生。从娘的脸上我分明看见，娘是安睡在天国里、安睡在上帝宽厚的怀抱里。娘是睡着了！睡吧！娘操劳了一辈子该好好休息了。

怕惊扰娘的好梦，我把脸轻轻地贴到了娘的脸上，那张我无比熟悉、无比热爱、亲吻了我无数次的慈祥的脸庞，却是从来没有过的彻骨彻肉的冰凉。我知道，这是娘嫌我回来晚了，要不然娘的脸不会这么凉。

娘一生都不愿意轻易打扰别人，不愿意给任何人添麻烦，娘最后用一秒钟完成了人间与天上的嬗变、完成了肉体到灵魂的升华——二〇〇七年古历四月十四日晚上，娘和孩子们一起用完晚餐，头一歪，走了，终年九十岁。娘没有给亲人们留下半点拖累和煎熬，却给儿孙们留下了永远的愧疚和遗憾。

亲爱的娘，我知道你临走前曾日夜为我担忧，操心这只迷途的羔羊。娘临走前大半年，在省立医院住院时留下遗嘱，上面写着孩子们要团结，吩咐她自己的后事要按基督教的仪式办、要从简等等，而她留给我的最高遗嘱是，那年冬天她午休时梦见天使站在她床边说："渴非因无水，饥非因无饼，乃是因为不听耶和华的话。"后来我在《圣经》上找到这段经文时，娘已在天上。

娘没有死，她在天上，那里有黄金街、水苍玉……那是充满荣耀、博爱、平安、喜乐的极乐世界，是上帝的儿女人人最终都要去的地方。娘在那里和先她而去的亲人们欢聚一堂。

娘生前的卧室里，她的遗作《莲荷丰收》依然高高悬挂，默默蒙受着失去主人的寂寞和悲凉，莲叶无奈地垂下，荷花静静地绽放。娘，你在天上可曾闻到莲花的芬芳？

临朐风光漫咏（十首）

王海亭

忆家园

早岁家园常入梦，古藤老庙[①]伴书声。
两河交汇[②]林果茂，四野平畴五谷丰。
遍地桑麻欣雨润，一滩芦苇爱风清。
农家最是心中盼，岁稔时和庆升平。

注：①老家石河店小学二十世纪五十年代还设在村东庙中，院内尚有大殿、照壁，又有老槐、古藤，环境甚为清幽。②南石河在石河店老村东南汇入弥河。

老龙湾咏怀

浮山北望有名泉，碧水澄明映远天。
铸剑池清珠玉涌，濯马潭冷黛石咽。
新篁但见千竿翠，老树犹呈百岁娟。

漫步古亭吟妙句，指点词稿[1]说前贤。

注：①冯惟敏著有《海浮山堂词稿》。

再咏老龙湾（三首）

一

一湖碧水风初定，镜面未磨分外明。

翠柳白云影历历，游人结伴画中行。

二

平湖佳境喜冬暖，瑞霭蒸腾最壮观。

漫步凭栏看雪化，一园秀色恋云烟。

三

春到梅山花烂漫，俯瞰胜景每流连。

楼台[1]社戏起歌舞，急管繁弦别旧年。

注：①二十世纪七十年代以前老龙湾戏楼尚在，高台崇楼，巍峨壮观。

冶源水库感赋

驱车方过海浮山，万顷波光荡巨川。

几缕和风拂玉镜，半山绿树掩亭轩。

群峰抱水浮明翠，碧野临湖增媚妍。

一叶扁舟添雅兴，俗尘涤尽浑如仙。

石门坊秋赏

西山胜境有石门，并峙双峰迎远宾。
到处黄栌看秀色，满坡红叶醉游人。
巧织彩锦妆方就，漫泼丹砂染未匀。
最是夕阳残照里，余晖遍洒更怡神。

沂山览胜

夏日相携登碧峰，沂山四顾尽葱茏。
游云随意遮奇岫，细雨无声润古松。
玉皇高阁赏秀色，歪头峻崮荡心胸。
才看绝壁飞瀑布，又入碑林觅旧踪。

淌水崖水库纪行

甲申孟秋，余与九山中学诸友访淌水崖水库。旧友新聚，师生同乐，喜不自胜，赋得一首。

驱车访九山，结伴过王庄。
高坝起深谷，平湖泛粼光。
层峦染翠绿，俏花斗朱黄。
吟咏意难尽，山珍助巡觞。

游朐山公园有作

甲午四月，畅游朐山公园，移步易景，美不胜收，爰成一首志怀。

四月弥河开玉鉴，依依细柳荡轻烟。
杂花竞放暗香闻，群鸟争啼妙音传。
信步长堤观碧色，驻足小径眺青山。
此身疑是武陵客，宛若桃源到眼前。

作者简介

王海亭，1947年12月生于临朐县冶源镇。1983年6月毕业于山东大学科社系干部专修科，研究员。曾任中共临朐县委副书记，潍坊市委宣传部副部长兼文明办主任，潍坊市人大常委会秘书长，昌潍师专党委书记，潍坊医学院党委副书记。现为中国楹联学会会员，中国老年书画研究会理事，山东省书协会员，潍坊市书协名誉主席，潍坊市老年书画研究会常务副会长，潍坊市书画家联谊会副会长；山东大学校友会常务理事，山东大学潍坊校友会会长。已有百余件诗联作品见诸报刊或书法展览；多次参加省内外展览并获奖，作品入选《当代书画家自作诗联墨迹选》等20余种书画集。

临胸大煎饼

王耀东

人世间有一种东西，并非完全用财富二字来形容，它藏在人灵魂的深处，凝聚着一种无形的力量，甚至时间越久，它的魅力越大，有时凭它出现的瞬间感觉就能满足自己的心灵，并使这种境界持续下去。我觉得这种东西弥足珍贵，至今想起它来，就有一种美满钦慕的感觉。说起来往往有人觉得它太平常，一提起家乡的煎饼，他们听了往往会说：“哎呀，我以为什么宝贝呢，原来是它，太不值得一提了！”

煎饼这种食品，对家乡人来讲，也许是最普通不过的饮食，然而对于我这个长期住在外地不能回到家乡的人来讲，它却变得越来越可亲、越来越有吸引力了。煎饼成了一种敏感的物质，只要有人一提，神经就会为之一震，随之一股香气幽幽地向鼻孔袭来。它就像金色的亮亮的梦中的月亮悬于天际那样富有吸引力。金色的颜色象征着它独有的特色和价值，成了一种稀有的珍品，一种隐秘的符号。

煎饼的根生长于临朐，开花长叶结果也在临朐，千百年来，这种朴朴实实的食品，与临朐人相依为命，形影不离，成了一种身体的依靠。它喂出了临朐这一带人特有的彪悍气质及特有的智慧与文化。

我是二十世纪四十年代临朐成为无人区时期，出生在弥河边上的朱封村，而且还是因为吃了煎饼才得以活下来的人。那时俺村中是“黄蒿半人高，灶膛中抱狼羔”，村里哪还有人烟呀，能走的都闯关东去了。我们家也不例外，我的爷爷奶奶带着我，一路风尘地直往几千里以外的关东奔去。据老奶奶给我讲，谁都很难形容当时艰难程度是多么的可怕，我娘抱着我走到了河北沧州东部沿海荒芜之地，前无村庄，后无人烟，实在走不动了。可是家人已经没有一粒粮食或菜叶可吃，我娘哪还有奶喂自己的儿子呢，要么把我扔掉，要么与全家人同死。据说去东北的人，常常走到此地，无衣可披，无食可餐，只剩一身枯骨。在无人生存的荒凉之地，举着一根扁担往前闯，碰上狗和狼都将是一场无法形容的残忍与厮打。据说有不少人家就死在豺狼血淋淋的嘴下。据老人讲，在路上遇着弃婴和死尸，都是避目而过。如果在无人的小道上碰上拦路抢劫，那将更是一场无法目睹的残暴。我们就是在这样荒芜的野地里挣扎着，奔波着。我娘抱着我已经下了决心与我死在一起。可是，就在这全家人踌躇不定的危难之时，却出现了一件奇事，在同行的路上我们遇到了一位满目沧桑的中年人，就在同我们擦肩而过之时，向我娘怀中奄奄一息的我注视了一下，停下脚步，问道：“这孩子怎么了？”这一问不要紧，全家都哇哇地哭了，说：“快饿死了！”也许是上天安排神人来救我们了，这位陌生的男子，竟毫不犹豫地从包袱中将所剩不多的煎饼抽出了一个，颤颤巍巍地送给了我娘。惊得我娘竟无语相谢，待这位男子走出几步后，全家人才仿佛明白过来是怎么回事，举家一起叩头谢恩。我父亲跑上前去喊着问："大哥哥你家是哪里啊？"那人轻声地回答："临朐。"说完他头也不回地走远了。哎呀，是家乡人啊，一张临朐煎饼，高高举在全家人的手上，这是上天赋予我一家的恩典。这时我娘将煎饼撕成条状，一点点嚼细，再一口口喂到我的嘴里，就这样临朐煎饼一滴一滴地融入了我的血液，救活了我瘦小的生命。事过之后，人们都说："多亏了临朐煎饼，将步履维艰的闯关人家救了。"

这就是在我幼小生命历程上，临朐煎饼创造的一大奇迹！

多少年后，家里老人经常向我们讲起这件非凡的故事，从此，煎饼成了上天赋予我家的救命食物。

实际上，凡是在临朐经过几十年艰苦奋斗的人，经过的磨难与奇险，都会受益终生。我很小就曾到树上摘浆果，在沙滩上挖草根，在草丛中捕捉昆虫，甚至还能联合一群小伙伴啃着野果，举着镰刀，扯着藤萝，赤裸裸穿行在荒野荆棘之中，以打蟒蛇为食。娘看着我吃不上煎饼，整天去采野菜，寻野味，觉得于心不忍，流着泪说："孩子，别看咱一时有难，待过年时一定让你吃上娘摊的大煎饼。"煎饼就这样渗透着我对人生的看法，增长了我的志气，成了我迈步最坚实的地基，不仅使我立足有力，还使我精力充沛，勇往直前。直到我长到十八岁，煎饼在我们全家人眼中，仍然是非常珍贵的上等食品。当年我要到临朐冶源水库去挖沙推土，娘在几天前就想办法，一定要让我带着煎饼上工地。我忘不了娘每次给我打包袱时，眼含泪花地说："孩子，不要舍不得吃，咱家现在有粮。不填饱饭哪能推车子抡锨把。"我知道娘的心，只是真诚地点头："娘，你放心吧，有煎饼，我就有劲。不会给你丢脸。"对于那个缺粮少油的年代，你想天天吃全玉米的煎饼，那是不可能的。我们这一帮年轻力壮的小伙子，干活也猛，一般人是猜不透吃饭多邪乎，就着咸菜，喝着开水，一顿饭吃七八个煎饼不在话下。在那个自然灾害频发的荒年，哪家有这么多煎饼来养一群狼吞虎咽的人呢？没有办法，我们这帮年轻人也曾逼出一些招法，就是到有粮的人家去用煎饼换瓜干，换菜窝窝，这样以细换粗，自然多吃几天。有时饿急了，到芦苇丛中挖些芦根，回来用锅一煮，就合着煎饼来充肚子。实在馋煎饼馋急了，狠狠地吃上几个，那种美啊，比现在吃上一顿燕窝鱼翅还不知痛快多少倍。十八岁的我，在冶源水库推土车是出名的高手。人家在车床上放两个篓，我和一个叫王玉海的青年，在怀前再加上一个。这样一车上共三个篓，而且车车装得尖尖的，两脚跑起路来嗖嗖的，驾起车子虎一样地一阵狂奔。人家一天推二十车，我们俩都是推二十五车！为什么呢，就是有一种伟大的力量鼓舞着我俩，相信有了冶源大水库，临朐人就年年五谷丰登，能吃上金黄黄的大煎饼。为了完成这一点，就得自己先拼上！于是我俩常常躲藏在一个无人之处，多啃上两个煎饼。煎饼能唤醒我俩的意志，煎饼能呼唤出我俩的勇气，有了煎饼，它能为我俩加钢，添火！于是，每天工地上广播我俩疯狂般的事迹，到竣工的时候，傻乎乎的我们哥俩，还获得了县里颁发的金质奖章。有人还把我俩人的拼搏事迹，写成一篇报道登在了临朐县报的头版。那时我的确晕乎了一阵。

有家乡的煎饼，我感到了人生的不凡。有了它，手上能弹出让人难以置信的旋律，脚下能舞出超人想象的美。直到现在，吃煎饼的那种情景还常常出现在梦中。尤其忘不了小时候，站着或蹲在鏊子边看着娘举着煎饼耙子，一旋一旋的那种柔美：左一旋仿佛是画着一个圆圆的月亮，右一旋仿佛又是捧着一个圆圆的太阳。她一举，把煎饼放在一个煎饼盖上，一缕缕香气升起来。这种欲望中的香气，撒满全身，弥漫全屋。在这种香气中陶醉地站着、吃着、品味着，看着一俯一弯操劳的娘，俯身在一个金子般的圆盘前，觉得这就是母亲给我画了一个圆圆的岁月，一个美丽的岁月。是煎饼滋润我成长，是娘给了我奋斗的雄心，给了我美好，给了我幸福。这种母子之间和煎饼的亲情，是不需要多少言语来表达的，只要有那一口口美美的甜醉就足够了。人生什么叫陶醉呢，没有这样一段煎饼生活的人，是体会不出对煎饼的那番特殊的深情和意味的。

在我漂泊在外的几十年时间里，偶有机会得到家乡的煎饼，母亲微笑的影子就会立即出现，拉长我对家乡的思念和亲情。它会把煎饼变成魔幻般的蝴蝶翅膀，启动我的灵感在眼前翩翩起舞。

在北京工作的一段时间里，有一次在头发胡同中漫步。突然一缕纯天然的奇香，非常熟悉又非常具有吸引力地向我奔来，敏感的神经立即断定这是临朐的煎饼。我立即停下脚步观望，嗬，有一个小门面头，门面上挂着小牌子，写着“沂山大煎饼”。我毫不犹豫地走过去，一看，这圆圆的又薄又细致的黄黄的煎饼，不是街上经常出现的那种粗散的布满密密小眼的煎饼。这是真家乡货！一闻就觉得很有家乡味，做法也很地道，就想买，于是问："多少钱一个？"那位老板说："先生，我们不论个，论袋装，一袋两个，四元一袋。"我一下子买了五袋。老板的口音又使我一震："喂，老板！你家是不是在山东？"老板一听笑了："喂！老先生，听你的口音你也是山东人，我的家在临朐。"哎呀，真是奇缘，临朐大煎饼，竟然从遥远的山东沂山，进了北京大市区！再也不能小看啦，京都人也吃起煎饼来了，我作为一名临朐人，也为之骄傲起来了。心中暗暗兴奋，临朐人啊真有眼力，用独具特色的山乡煎饼，为京都增添了一种难能可贵的新美食。于是，以后的日子，只要有机会就到这家小胡同买几袋煎饼，解解恋乡之情。哪想到好景不长，后来沂山煎饼店找不到了，问周围人才知道，他们买卖做大了，换场地做大买卖去了。

更有一件让我意想不到的事，美国的一位文学评论家、哲学家、比较文学专家刘耀中先生，在一个春节前的几天，从美国寄来一张《中华时报》，在第三版上一个醒目的大标题是："轰动洛杉矶市的山东大煎饼"。啊呀，山东大煎饼闯进经济发达的美国啦！并且还有了多样化煎饼，不仅能卷菜，卷蘑菇，卷鸡蛋，还能变成酥饼。这样一创造，肯定比起他们的单一的"三明治"吃起来更丰富，更实惠，更能保健身体啊。所以就轰动了！煎饼进了美国，肯定也是山东人在美国做出的学问。我知道临朐镇（现在的城关街道）出了大作家叫朱天文、朱天心。两位是在二十世纪六十年代从台湾去了美国。当时就想带家乡的土特产进美国。他们写的电影《恋恋风尘》，曾是轰动海内外的大作品啊。卖煎饼一事是不是他们精心策划的呢？有人说：“你这是瞎猜。去美国的山东人多着呢。”我说：“不是猜，山东人当然也包括临朐人。”不管怎么说，临朐是山东的一部分，应为此而高兴。毕竟是家乡的食品打入了国际市场。

煎饼在时空中的这种演绎，呼唤出我对煎饼的一种神圣感、灵动感。就是这样一张普普通通的大煎饼，一旦开拓了它的地域感、空间感，就演奏出了不同的民族风范与面貌，竟然它还添了一个外文符号——Jianbing。由于它的原创性、独特性，又勃发出的另一番生机与精美，憨厚淳朴的文化遗风就延伸出了一个新的天下，那执着不屈的中华民族的饮食文化血脉，流向了异域神奇的地方。于是，它的有价就变得无价了，体现出了独特的价值能量。它的威力也许有人是看不见的，也许是有人意识不到的，正如我现在手上的一杯咖啡，它从海外飞来改变着我的习惯一样，煎饼自然也和咖啡一样延伸出了一种世界性、全球性。浓浓的东方味，用临朐煎饼的色彩再加上独特的包装，就要撼动西方人的心灵了。这不正是一份宝贵的财富和神奇的资产吗？

如果我不是临朐人，眼前发生的事和煎饼的奇特韵律不会迅速跃动我的灵魂，也不会迅速激荡我海涛般的血液。煎饼这个品种，它的最大特点就是能打包，十天八天坏不了，吃的时候不需要再加湿加热，也不需要再配菜，张口就能食，而且越嚼越有味道。干湿相宜，不加任何添加剂，也不会变质，是任何食品不能比的，是任何环境下都能食用的一种美食。正因我有它的血缘性和共生共患的境遇，我才成了唯一能领悟煎饼奥秘的人。它是能潜藏和营养我诗意并能不断创造文学意境的宝贝。我常常把它比作是郁金香，在我梦中绽放着，吸引万千人们去采摘，去品尝。一旦我的袋里子装满这种极品之后，我就像走进了一片真正的理想中的乐园。你想我是多么幸福啊!

就在我梦幻般地品味美国刘耀中寄来的这份奇特的“咖啡”时，不由得又想起了2011年写的一首大煎饼的诗：

煎　饼

黄黄的煎饼托在手上
就犹如东方的日出
别看它的根生在乡巴佬的手上
果子真诚却在铁鏊子上
烈火炼就

艰难困苦的那一段岁月
其实是庄稼人的一叶方舟
正因为有了临朐人不凡的勇气和创意
煎饼才有了世界性的惊人旋律

说人生路是美的

实际是一个撒谎者
有煎饼在你面前
它会揭穿一切糊弄骗人的把戏
如果女娲对它早有发现
也就不去开山劈石
用煎饼去补天是最好的宝石

看如今
如果你手上能举起几张煎饼
可真比补天的泥巴还添虎气
走向宇宙长天
它也会出神入化
每揭一页都是人生长寿的基石

作者简介

王耀东，原名王德安，1940年生于临朐县城关街道。当过教师，从军20年，38岁转业到潍坊市群众艺术馆任副馆长。后调入文联，主编《鸢都报》《大风筝诗刊》《齐鲁文学》等。国家一级作家，享受国务院特殊贡献补贴。中国作家协会会员，中国民间文艺家协会会员，中国电视艺术家协会会员，世界诗人协会会员，世界华人艺术家协会名誉会长。著有诗集《在历史的眼睛里》《逝去的彩云》《不流泪的土地》，散文集《走在故土》《梦里寻它千百度》，论文集《一步之间》《躲在天堂里面的眼睛》，长篇小说《好一朵玫瑰花》，电影文学剧本《郑板桥传奇》和《王耀东诗文选》（三卷）等30余部。作品获山东省“齐鲁文学奖”、华东图书一等奖等多种奖励。近些年来，在写诗的同时，从事书画创作，在传承中国文化传统的基础上，吸收了油画和现代主义的精华，水墨厚重，构图大胆，意象意味强，打开了另一片想象空间和诗的韵味，被人称赞为“融合了中西文化的文人书画家”。

故乡问答

尹洪东

昨夜　有故人自故乡来
倏然　一扇唐朝的绮窗
为我打开
寒梅著花未
我轻声悄问

哦　庭院东南那株百年老梅
时下将开　未开
较往年稍稍迟些
一球一球的骨朵
微绽浅浅绿萼
似有所待
待　一场好雪

梦一样静谧
油一般莹润
总是问梅
为何不问问樱桃呢
故乡如今啊　已是樱桃报春
白云似的大棚连幕成阵
外边　天地寒彻
里边　蜂飞蝶舞
嗡嗡嘤嘤
闹闹喧喧忙授粉

我问殷殷
你答娓娓
上市樱桃特肥　一棵就结了八百斤
硕硕喁喁　冶源虹鳟
拨刺池塘亦喜人
谁家乔迁住高楼　谁家又置小轿车
谁家靓女新出阁　谁家儿郎喜登科
这几年日子过得
风调雨顺
燕子又回门

儿时情景现时事
穿越思纷纷
柳丝蘸水　幼荷如钱
泡桐花开　槐蕊如雪
熏风自南
麦苗生发　抽穗灌浆
其香沁鼻　其声如闻
日之夕矣　牛羊下来
伊利收奶上家门
鸭鹅曲项鄂苏去
铝材迎来岭南人
前村两支秧歌队
热舞动晨昏

听不够故乡消息
听不足乡音絮絮
你道曾经的那些青岛知青
朝花夕拾
白发观红叶
迤逦醉倒　在石门
酡颜斜阳
与霜叶打成一片

难解难分

你道故乡申遗
红丝砚、周姑戏
还有咱陌上柔桑制成的桑皮纸
都成了登名上册的宝贝
耕读传家　原是家乡本色
丝竹丹青寻常事
家家户户来得
抚罢琴弦又下田　放下锄把便搦管
缫得蚕桑成齐纨
吟哦杂字如吟诗
未必是《正宫·端正好》
却齐夸邻里《小姑贤》
礼失求诸野
弦歌故乡存

久客京华
爱把故乡炫富
故乡富有
有酒名之秦池
有山直呼海浮

有亭其名江南

有关径称大关

更有悬瀑百丈

挽起清流一脉北上

其名弥水

其状汤汤

其势若奔

或许　少了几分浮名

或许　缺了几分张扬

可故乡

片石为宝　一叶绚秋

林泉高致　画图难足

沂山高　弥水长

大汶口太近

侏罗纪不远

洋洋泱泱

有一种精神　与天地相往还

有一种气息

不舍昼夜　四时氤氲

有我故乡在

且慢夸斯文

久客京华

味蕾不渝

为尝家乡全羊　驱车京城上百里

黄灿灿　玉米煎饼

秀软软　腌渍椿芽

还有　麻麻的花椒酱

入口须缓　吞咽勿慌

几许滋味留齿颊　萦萦绕绕

如西山之青峰

如南山之庆云

久客京华

乡音不改

人问故乡何处

我的故乡是临朐

临朐是我的故乡

那里　绿水青山

那里　真山真水

吾乡本有品　重之以尚文

五A级的故乡啊

六A级的亲人

昨夜　与故乡故人相对

一扇唐朝的绮窗

款款　为我打开

寒梅著花未

轻声悄问

轻声悄问

作者简介

尹洪东，1965年生于山东临朐。新华社资深记者，新华社《内参选编》副总编辑，中国作家协会会员。出版长篇小说、报告文学、电影剧本、话剧剧本、散文随笔多部。代表作有《大风歌》、《我的草原》、《动机主义》、《边界》、《民生十五章》等。

那张老供桌

冯　雷

一眼看到那张老供桌，我跪下，泪，无声而流。那是奶奶用过多年的、烧香的供桌。

它还站立在原来的位置，不同的是，它的对面，奶奶的床已经被挪走了。奶奶没有像往常一样斜躺在床上。

奶奶此时躺在正屋灵堂前的棺木里。灵堂前挂的相片是我此前没有看过的，但肯定不是她离开人世前的相片。相片中的奶奶朝着我微笑，但我不知道，奶奶临走前是否满怀痛苦……

身着孝服的父母及叔叔婶子们没有来劝我。他们知道，奶奶最疼的，一直惦记的，离她最远的，她最担心走后可能不会来看她的，是我，她的长孙。我从繁忙的工作中脱身，从辽宁赶回山东，在奶奶走后的第三天，赶到了她的灵堂前。

我把自己关在奶奶住过的小屋里。屋里此时只有这张供桌。泪光蒙眬中，我仿佛又看到奶奶从供桌上拿下只有我可以专享的水果和饼干。

在那有饥饿记忆的年代，奶奶在这供桌上供奉佛祖的食物，几乎都是留给我——她的长孙。如果是现在，这样的食物应该是不能吃的，因为时间过久，可能已经发霉。但那时，它们都是我的美味。

一个月前，我回老家时，父母告诉我，奶奶不行了。我跑到奶奶床前，她竟然没有认出我来，我报上我的乳名，她一下子抱住我哭了。从我12年前离开山东去辽宁工作，每年回家不过一次。她一看到我就会哭，次数多了，我已没有感觉，大多数是麻木地听她诉说完那些早已听惯了的琐事。但这次哭，我的心深深作痛。

我突然觉得，这么多年虽然不在身边，但每次回家第一个要看的人——奶奶，将可能离我彻底远去。

我破天荒，在这次回家短暂的三天内，每天都到奶奶的床前守候。在离开的前一天早上，我跑到她床前，握紧了她那干枯的，我长大后很少握紧的，但我小时经常紧握我的，她的手。

唯一让我欣慰的，是我每次回家见奶奶时，都会给她几百块零花钱，虽然知道她并不需要这些钱，她更希望我能经常陪她在身边。

姑姑对我说，奶奶临走前，已经没有气力说话，但手一直抖抖地指着北方。我知道，辽宁在山东的正北方。

奶奶，您看到了吗？虽然没有看到您生前最后一眼，但在您看不到我的时候，我能送您最后一程。奶奶，您能否感知，是我抱着您将您交给火化炉工人的手中，你把我从小一直抱到八九岁，而我却只能抱您这一次，并且是最后一次。在您进火化炉前的最后一刻，是我，您的长孙，最后在泪光中看了不能再对我流眼泪的，您的紧闭的、深陷的眼。

奶奶不是那种特别善解人意的女人。她年轻时受过苦，却从不知节省；她的子女对她已够好，但她见到陌生人总诉说子女的不孝；她喝酒、抽烟、喝浓茶，但仍然活到90岁。

泪光中，我想到儿时与裹着小脚的她一起推磨，月亮跟我一起走。

作者简介

冯雷，新华社高级记者，现任新华社辽宁分社副总编辑。1997年山东大学国际金融系毕业后到新华社辽宁分社工作，2006年曾援藏一年。多年来，主要从事经济报道，每年都在全国各地深入基层采访调研，在宏观经济布局、收入分配体制、社会保障问题、金融财政体制改革、民间资本动向、资源枯竭城市转型、区域经济一体化等领域采写出大量调研报道，许多报道受到高层关注后对各项改革起到实际推动作用。

情不自禁的思念

冯慧君

大约是在晚夏的一个正午，我情不自禁地想起了故乡。

那个正午，我一个人在城市的大街上孤独无助地走着。暑气弥漫，一缕缕阳光纷披于枯焦的树木之上。我的头发，被不带有一丝凉意的风搅乱，草一般飏起又伏倒；我的面庞被擦也擦不干的汗水分割着，留下一道道灰白色的痕迹。

我是在一瞬间察觉到一丝寒意的。这是一束目光，一束从躲藏在茶色镜片后的冰冷眼睛中发射的冰冷的光，它充满了对这个世界的审判意识和对人的憎恨。我不会记住这个人，但我会记住这束目光，我将永远诅咒它。

我一刻也没有停留，我从寒热的缝隙中惶惶逃遁。

我选择了一间被阳光遗忘的小屋，在一只二十世纪五十年代的木椅上坐着。我已经没有任何力气了，我甚至不知道还能否从这只就要崩溃的木椅上站起。

世界已隐在阳光的背后，寒凝的孤独感如游丝般渗浸着我，穿透着我。

我就在这个时候，想起了我的故乡，想起了故乡的太阳、小路和爷爷的春天般的目光。

十多年前的我是感觉不到的，当时的一切有多么美妙。而此刻，记忆，感动得我的内脏都在抽搐。

村前，那条通向河边的小路，总是那么温顺地延伸，像一个纯情的少女的长长的身肢。我多少次一趟趟从她上边走过，走向那条清凉的小河，浸泡我童年的欢乐。她托举着我，无论是酷夏还是严冬，我的赤脚或是穿鞋的步伐，感觉到的只有她的温柔。

我的手，有时是被爷爷牵着的，他的很糙的手，那么宽大，把我的小手完全裹住。

爷爷走在那条小路上时，脚步总是轻轻的，好像怕踩疼她似的，还不时拽一下想撒野跳动的我。

爷爷会把我带到河边的一片绿油油的菜地里，这是他独有的领地。我在地边蹲着，默默地看着爷爷。爷爷那时的目光我到现在都找不到词来形容，能明确的只有一点：爷爷看着绿油油的菜和看着我时的目光是完全一样的!

而故乡的太阳，永远是那么晴朗地照耀着，伸出含情的手抚摸着小路、爷爷和我。那抚摸在我身上留下的古铜色的痕迹，已被岁月濯洗殆尽，但在我心中留下的暖意却记忆犹新……

这样回忆着，我感觉力气正一丝丝地回到我的青春之躯，暑气也在一点点退去，而那束目光的寒意则似乎是我虚幻的想象了。

黄昏降临，我又一次走上大街。

太阳依然是那轮太阳，却柔和了许多，风依然吹着，但已有了凉意，我的目光与别人的目光碰撞时，已没有了那么遥远的距离。

我忽然想到，正午的一切都是因了故乡，都是因了一种情不自禁的思念啊！

作者简介

冯慧君，男，1965年秋生于临朐县冶源镇尧洼村。研究生学历。1987年12月参加齐鲁晚报创刊，担任“青未了”副刊编辑。1991年3月调大众日报文艺部，担任“丰收”副刊编辑。1996年11月参加生活日报创刊，先后担任副总编辑、常务副总编辑、总编辑，并兼任大众报业集团编委，期间作为编采负责人创刊《鲁中生活日报》（现《鲁中晨报》）。2002年4月调京，担任中国残疾人联合会主办的《华夏时报》总编辑。现任华夏时报社党委书记、执行社长；高级编辑，中国记协理事。所写作品曾获大家文学奖、全国报纸副刊好作品奖、山东省新闻奖等多项全国及省级新闻奖或文学奖；所编版面曾被评为山东省十大名牌栏目的第一名；个人曾获得泰山新闻奖提名奖，并被省政府记二等功。出版有诗集《情不自禁》、散文集《男性独白》（合集）等。

灵气所钟的故乡

田义明

转眼间已经离开生我养我的临朐到潍坊工作八年了。说是离开，其实距离并不远，并且父母一直生活在临朐，我回家也比较频繁，所以对家乡并没有什么距离感。家乡的山山水水仍旧就在身边、在眼前，家乡日新月异的发展变化也能时时听得到、看得见。

山水是临朐的灵韵。享誉“天下七十二名泉之一”的老龙湾，是临朐大地上的一道水脉，其间泉计万许，水面浩大。水温终年18摄氏度，数九寒冬，雾气蒸腾，成“冶源烟霭三冬暖”之奇观。明代第一散曲大作手冯惟敏当初所植之竹已蔓延达数十亩，长成江北最大的天然竹林。今人遍请当代著名书法大家题写的百“龙”碑刻，更是让人叹为观止。奇泉、翠竹、碑刻、美文相得益彰，“北国江南”的风韵油然而生。每次回冶源，几乎必到老龙湾。稍感遗憾的是，自己的母校临朐二中已经搬离这里。“不是香山胜香山”的石门坊内，那满沟满坡的黄栌树，皆为野生，蔓延达3000余亩。老者不知其龄，幼株不知其岁，无一不是立命于岩缝，安身于仞壁，倔强之姿令人唏嘘。重阳节前后，一片片朴素的叶子，拼尽全力，如霞似焰地绚烂了自己，绚烂了整个沟谷。位居五镇之首的沂山，因了16位帝王的登封而名满天下。其主峰玉皇顶海拔1032米，拔地擎天，巍峨壮观，雄踞鲁中，冠冕沂蒙。走在山中，百丈崖瀑布宛如一道白练从天而降，成“百丈瀑布六月寒”之奇观；东镇庙里碑碣林立，享誉全国三大碑林之一，一棵棵古树沧桑倔强，穿越历史的烟云，显示着生命的奋发与蓬勃。2013年，沂山成功创建国家5A级旅游景区，成为潍坊市首个国家5A级景区，成功跻身全国最高品质景区行列。而在离我出生的村子不远的山旺出土的“万卷书”里，1800万年前的古生物依然栩栩如生着。那些植物的叶片、花朵、果实，不仅纹理脉络清晰，而且极好地保留着原来的颜色。动物们更是种类繁多，姿态万千：鱼儿摆动尾鳍，蜻蜓抖动翅膀，祖熊奋力奔跑，古貘嬉戏玩闹，怀着孕的无角犀悠然散步。如若久久地凝视它们，仿佛还能触摸得到它们的眼神，还能感觉得到它们的气息，还能聆听得到它们的心跳。山旺因此被誉为“世界化石宝库”。还有雄风犹存的齐长城遗址，还有灿古灼今的古壁画……可以说，临朐的每一方土地，都有灵山秀水与古代文明相互交融、熠熠生辉。

文化是临朐的精魂。一方水土养一方人。在临朐，上至九旬老翁老太，下至五六岁的童稚幼儿，吹拉弹唱，能书会画者比比皆是。有的七十多岁了才拿起画笔，却能很快就进入了佳境，声名鹊起。有的农村妇女甚至摊着煎饼拿起火棍就能在地上作画。朋友聚会，家人团圆，铺开摊子就是一场书画切磋，才艺交流。写着画着唱着弹着，似乎是在不经意间，一个个书画大家、艺术人才就走向了全省、全国。人不可貌相。这句话用在临朐人身上是再恰当不过了。走在街上，保不准就和一个文化名人碰个迎面；菜市场里，那个正和小商贩讨价还价的也许就是一个大作家；街头公园里，那个哄孙子抱孙女的大伯大妈也许就是你崇敬已久的艺人。文化是财富，不仅是精神上的，也是经济上的。近年来，曾经仅限于自娱自乐的临朐文化摇身一变，成为一把把发家致富的“金钥匙”，书画、奇石、雕塑、红木工艺四大文化产业蓬勃兴起，形成了山东省最大的雕塑基地、江北最大的奇石市场和全国有名的书画交易中心，一个全国知名的文化产业名城正在悄然崛起。临朐被冠以各种美称：书画之乡、小戏之乡、奇石之乡、全国文化模范县……有位外地作家曾经写道：从临朐的空气里都能嗅到文化的芬芳。

俗话说：姑娘十八变。一座城市又何尝不是如此呢？过去的临朐县城，小、脏、乱，丑得在外地人面前根本抬不起头，朐城人因此自惭形秽。随着临朐经济社会的发展，朐城建设走上了快车道，似乎在一夜之间就出落成了仪态万方的美少女，被评为“国家园林县城”。绿，是临朐的底色。漫步朐城，满眼绿意。道路两侧，街头空地，皆植树栽花种草。树有法桐、洋槐、紫藤、芙蓉十数种，有古有幼，古者苍劲雄浑，气定神闲，幼者腰肢纤弱，随风淘气。花有月季、蜡梅、黄菊等几十种，四时不绝，争奇斗艳，浓如艳妆少妇，雍容富态，淡如素面女子，清纯丽质。新建成的滨河公园、文化公园、湿地公园……串珠成链，垂柳依依，芳草如茵，小桥流水，曲径通幽。水是一座城市的命脉，有了水，一个城市就充满了灵性。汤汤弥水，穿城而过，取其一段修建成湖，名曰句月。湖水清澈透明，微波粼粼。钓者临水执竿，意不在鱼，而在垂钓之乐；游船往来，打造水上乐园，播撒满湖欢笑。湖水多情，一手牵朐山，一手挽粟山，湖光山色，美不胜收，诗情画意，油然而生。沉浸其中，融解尘世烦恼，消散是非繁杂，悦目爽心，游人无不乐而忘返。临水高耸的朐山上，太和塔与文荟阁交相辉映，平添许多韵味。立足得天独厚的水资源优势，通过大力实施“碧水蓝天”工程，朐城正日益呈现出“一带碧水贯朐城”的秀美景色。碧水蓝天，花红草绿；白天音乐弥漫，夜晚华灯璀璨。朐城一天一个样地变高、变绿、变美了。比城市更美的，是一张张洋溢着幸福和满足的笑脸。

走出临朐看临朐，故乡的丰富和博大愈发明显。不禁又想起沂山上矗立的那块康熙帝亲笔题写的御碑——灵气所钟。临朐，是有资格接受这样的赞誉的。

作者简介

田义明，临朐县龙山高新技术产业园人，毕业于曲阜师范大学，曾工作于五井镇政府、临朐县人大常委会办公室、潍坊市司法局，2008年调入潍坊市委宣传部，现任潍坊市委宣传部研究室主任。

我与沂山的情缘

刘　玮

听到家乡沂山成为5A景区的消息后，我是由衷的高兴，因为我与沂山的感情实在太深了。虽然在外工作20多年了，但我与沂山的交际一直没断，甚至为沂山的发展出过力。每每想起这座历史名山，都有太多的回忆。

邀来世界棋后

时间追溯到2002年，我在创立齐鲁晚报棋院后有机会与中国棋院打交道，得知中国国际象棋队要在世界大赛前进行封闭集训，便想到了自己家乡的沂山。东镇沂山是全国五大镇山之首，由于远离都市没有干扰，又有茂密的森林，负氧离子含量高，非常适合这次集训。那年的8月6日，我带着中国国象队一行20多人抵达沂山，开始了20多天的封闭式集训。

参加这次集训的国家队员，有女子个人世界冠军诸宸、许昱华，世界团体冠军成员王频、赵雪，以及男子国际特级大师叶江川、徐俊、章钟、卜祥志、倪华、张鹏翔等名将，几乎汇聚了当时中国国际象棋的所有高手。而为了这次集训，临朐方面也提供了最好的条件进行接待。

因为国家队集训后马上要赴欧洲参加世界奥林匹克团体赛，之前女队已经两获奥赛冠军了，因此吸引了包括人民日报、中央电视台、新华社等中央级媒体前来采访。带队的国家队总教练叶江川对随行记者说，沂山的植被非常好，这里不仅风景秀丽，而且可以让队员学习革命老区精神，堪称这次集训的最佳选择。记得《人民日报》、《羊城晚报》、《齐鲁晚报》三家媒体，都为这次集训刊发了专版报道，其中一篇叶江川的访谈让人印象深刻：

> 一来到临朐沂山，我就被老区人民的热情好客深深感动了，他们在饮食、住宿等各方面给我们提供了极大便利，所有的事情都按照我们的意愿来安排。我觉得这次集训的效果是史无前例的，如果不出现赛场上的意外，我相信我们有能力取得好成绩。
>
> 我们住在沂山半山腰一个叫“神农阁”的清静小院里。这里的山色非常漂亮，而且异常地安静，以至我们都舍不得浪费这么美好的时光。每天我们都要训练9个小时以上，上下午和晚上各3个小时，有时还要加班加点到深夜；而且在25天的集训时间里，我们只拿出两个半天来休息。我觉得在棋艺上，大家都有了明显的提高。想想也是，这儿没有电视，没有电话，也没有手机信

号，只有心爱的国际象棋，这在平时可真是求之不得的啊！

景色的优美，空气的清新，总让我们心情很舒畅，而四处围绕的青山也给了我们锻炼身体的好条件。早晨我们出去散步，傍晚则成群结队去爬山，这让我们的体能有了充分的保障。诸宸的身体比较虚弱，原先爬到山顶即玉皇顶约两三公里的路就要30分钟，到最后15分钟不到就可以登顶了。最快的是卜祥志，11分钟就可以轻轻松松地爬上去，这样的体能储备在平时也是不易达到的。

8月28日一大早我们就要走了，真是有点舍不得。作为中国国际象棋队的教练，我很感谢《齐鲁晚报》穿针引线做了那么多前期的工作，也感谢刘玮和他家乡的朋友以及沂山景区每一个人的努力。我们一定会在马上进行的奥赛上努力搏一把，争取男队女队都有所突破。

在国家队沂山集训期间，我济南、临朐两地跑，忙得不亦乐乎。由于老家在这里，又在此工作多年，我的同学、朋友很多，我便动用一切可能的关系，全力帮助国象队的这次集训。我还拉来了我所效力的齐鲁晚报几个领导来探望国家队，并借此宣传沂山，宣传临朐。参加这次集训的最大腕儿，要数两位世界棋后诸宸和许昱华了，她们虽然见过大世面，但在沂山集训却没见一点明星架子。她们和这里的工作人员相处得都非常好，对慕名而来的当地百姓和游客，都不厌其烦地合影、签字。两位棋后非常留恋在沂山集训的这段日子，她们每天打棋谱，写日记，爬山锻炼，储备体能，其乐融融。在此节选许昱华发在《体坛周报》上的一篇文章来回忆当时的情景：

今年的奥林匹克赛马上就要举行了，国家队为了封闭训练的地点费了不少脑子，最后定在了山东的深山老林了。我和我的队友们于8月5日深夜，乘着老式的绿皮火车离开北京，晃晃悠悠地来到山东青州。然后我们乘坐由警车开道的面包车，直驶70公里之外的目的地。经前来接站的刘玮介绍，才知道沂蒙山分为沂山和蒙山，我们入住的是位于沂山半山腰的“神农阁”。

与北京闷热的天气相比，这里的空气清新而又凉爽。登山成了我们训练之余的必修项目。刚来的第一天，我们就由当地导游带路，登上了山顶，看到石碑上刻写的“绝顶1032（海拔）”，尽管一个个气喘吁吁，但仍然不减兴奋之情。

山顶上有块大石，半斜在悬崖处，似乎要掉下去，但又悬而不坠，此石称为观海石。导游说当地人有一说法，如果你站在上面喊三声“张果老”，你的愿望就一定能实现。诸宸戏言，只怕喊两声半就掉下去了。没想到第三天登山之时，意外地看见有三人同时站在观海石上，谈笑风生，一眼望去只怕是张果老先生看到后，也会替他们胆战心惊的。

不过，如果以为每日一小时的锻炼能将我们的体重减个十斤八斤的，那你就错了，因为这里的山珍野味实在不容我们住口。从全羊汤到山鸡、野兔、云雀、蝎子等野味，再到牛蒡茶

（一种当地盛名的药茶）、山药、苦菜及各种菌类，还有地瓜、芋头、玉米饼等粗粮（呵呵，是不是都快流口水了），把训练、锻炼所消耗的能量全都补了回来。难怪即便有这么大的训练量和运动量，大家仍然能保持高昂的情绪。沂山景区负责人为了让我们专心训练，不再对外接待游客，真可谓用心良苦啊！

训练间隙，山庄的服务员端上装满桃子、苹果、葡萄的盘子，大家边吃这些产自山里的水果边说笑，紧中有松，劳逸结合。没有电视，没有电话，也没有城市的喧嚣和灯红酒绿的诱惑，只有蓝色的天、白色的云、绿色的树和清爽的风。在这个远离城市的世外桃源里，我们享受着64格中的乐趣，尽管只有短短20多天，也足以为10月的奥赛充上满满的电了！

《体坛周报》是中国发行量最大的体育报纸，文章发表后也让沂山名声远扬。既为国家队出了力，又能为家乡做点贡献，这也是作为此次活动组织者的我引以为豪的。也许正是这次沂山集训带来的效果和底气，中国队在随后的世界奥林匹克赛上创造了佳绩——女队蝉联冠军，并创造了“奥赛三连冠”的奇迹。

世界冠军们归来后首先想到沂山的功劳。11月29日，叶江川率领奥赛夺冠成员诸宸、许昱华、赵雪以及男子棋手卜祥志赶赴临朐，答谢老区人民。临朐县委县政府专门为中国国象队举办了庆功会，五大班子成员全部参加。他们表示，这里就是你们的家，欢迎世界冠军“回娘家”，今后无论何时，娘家人都是你们的坚强后盾。

棋后诸宸说：“这次卫冕太艰难了，以至于想到过放弃。但想想我们在沂山集训时受到那么好的待遇，天天吃山珍，喝全羊汤，就觉得特别愧疚。因此压力就变成了动力。”诸宸把临朐人比作幕后英雄，其精彩的发言激起一片掌声。

在前往沂山的路上，冠军们还是个个喜笑颜开；当到了他们集训的神农阁时，棋手们却激动不已，泪花直在眼睛里打转。原来，为欢迎冠军们载誉归来，这里的服务员们早站在门口等着了；他们用冻得红肿的双手，把一束束含着体温的鲜花送到棋手们怀里。诸宸说：“我看到他们就想起我的兄弟姐妹，无论什么事都把我们想到最前面。”许昱华、赵雪更是时不时地擦着眼睛。许昱华推开记者，转过身去哽咽着说：“没什么，真的没什么，我就是特别地激动！”

门前的大红爆竹一声赛过一声，碎纸屑纷纷扬扬地散落在姑娘们的头上，叶江川走过来安慰姑娘们：“别哭了，看你们都像新娘子。”一直跟随着队伍的我，也禁不住流下眼泪，不过这是喜悦的泪水。的确，棋手们这次的沂山集训，和这里的人们结下了深厚感情。

举办全国大赛

中国国象队的那次集训，让沂山在全国棋界有了名气，也吸引了棋界人士慕名而来。于是我和沂山景区商量，决定在此成立国家棋类训练基地，并将“齐鲁晚报棋院沂山基地”的牌子挂到了神农阁。从此，沂山和高雅的棋类结缘，成为众多棋手向往的世外桃源，许多棋类大赛与活动也纷至沓来。

2003年5月，作为五镇之首的沂山举办五镇文化节，并邀请我做活动策划。我拉来了山东省交响乐团和齐鲁晚报艺术团前来演出，前卫歌舞团的著名曲艺演员唐爱国，山东京剧院的表演艺术家张春秋，山东话剧院副院长、《西游记》电视剧唐僧扮演者徐少华等众多艺术大腕前来献艺，助阵五镇文化节。两场文艺晚会的演出提高了这次文化节的档次，也受到了临朐人民的热烈欢迎。

我还邀请了象棋特级大师、有“东方电脑”之称的柳大华以及象棋女子世界冠军郭莉萍到沂山进行擂台表演。其中柳大华下蒙目棋1人对20人，在此创造了蒙目对手人数最多的一项世界纪录，并吸引了周边县市的数百名象棋爱好者参与其中，活动搞得非常成功。

2005年10月，在我的牵线组织下，全国围棋甲级联赛的一场重要赛事放在了沂山举行，由山东围棋队对阵北京围棋队。这也是全国正式体育赛事首次在临朐举行，为此得到临朐县的高度重视。参加比赛的有著名国手、当年中日围棋擂台赛中方主将曹大元九段、中国围棋“小龙辈”代表丁伟九段、新锐国手谢赫七段、周睿羊五段以及韩国外援洪旼杓五段等围坛顶尖高手。中央电视台《纹枰论道》主持人毛佳君也来到现场讲棋。比赛吸引了省内外的众多媒体前来报道。

那次比赛的地点就放在神农阁。参赛棋手一到沂山就感受到这里的热情，景区内外挂满了欢迎棋手和比赛宣传的横幅与海报，很多棋迷早早跑来等待棋手的签名。当地电视台、电台的记者也赶来采访。棋手们一到马上就围上去很多人，让人有点措手不及。曹大元激动地说：“到老区比赛就是不一样，大家对比赛的重视让我们感到温暖。我们只有全力以赴下好比赛，才对得起老区人的厚爱。”两队比赛最后战成2∶2平局，皆大欢喜。沂山因为首次介入全国比赛也再次扬名全国。

由于沂山举办赛事的成功，2007年我又一次把全国围棋甲级联赛放到沂山。这次来的队伍是山东队和贵州队，其中贵州队的韩国外援李世石是当时世界围坛排名第一的选手，可谓大名鼎鼎。山东队也来了一名重量级的明星——亚洲杯冠军和世界亚军周鹤洋九段，还有曹大元九段和谢赫七段，一场围坛好戏再次在深山老林的沂山举行，让沂山棋类基地的名声进一步扩大。

到了2011年10月，全国围甲联赛再次摆擂沂山，一个景区、一个县三次举办全国围甲联赛，这在中国围坛史上是绝无仅有的，也倾注了我的心血和对家乡的感情。这次比赛有幸请来了棋圣聂卫平和中国围棋队总教练俞斌九段，加上曹大元、周鹤洋、邵炜刚等九段国手，一下子五位九段国手汇聚沂山，使其再次成为外界关注的焦点。

比赛由山东队对阵安徽队，赛场放在了刚落成的东镇御苑宾馆。宾馆外鸟语花香，空气洁净，棋手们身在其中自然惬意无比。见多识广的棋圣聂卫平是第一次造访沂山，对这里的一切都感到新鲜，尤其在参观东镇庙后，对这座被16位帝王登封过的名山有了初步了解的他还建议两队的棋手赛后好好游览一下沂山风光，领略和体悟其中的历史文化气息。这几次围棋比赛，都得到了临朐华兴商场和其董事长吴因源的有力支持，在此表达我的感谢。

举办全国棋类比赛的成功，也让沂山有了更大的胃口。2012年，通过联系体育部门，我又帮助沂山申请到一个“沂山国际登山邀请赛”，这是山东继泰山之后举行的第二个国际级登山赛事，吸引了众多的体育爱好者前来挑战。2013年沂山百公里国际越野赛和全国攀冰邀请赛的举办，让沂山的品牌进一步放大，加上每年一度的沂山文化节和祀山大典的举办，待字闺中的沂山开始揭开神秘的面纱，迎来更多全国各地的游客。

拍摄3D影片

一次次的活动举办，一次次的往返沂山，让我对沂山的感觉越来越好，甚至有了难以割舍的情感。我开始为沂山投入更多的精力。2012年，我涉足影视行业，牵头成立了齐鲁晚报影视中心和齐鲁影业，我首先想到要为沂山拍摄一部影片。

沂山的美丽是不容置疑的，需要多渠道对外推介，但之前沂山竟没有一部像样的宣传片，甚至没有一本拿得出手的宣传册。着急之下，我和沂山管委会的负责人商量，开始为沂山的对外宣传进行新的策划。沂山是名山，不能作一般的包装，因此就想到了为沂山拍摄视频。有关景区的宣传片很多，但记忆深刻的却很少。沂山要拍，一定要拍好，而且要与众不同。我的理念和沂山管委会的想法不谋而合，于是我开始精心策划，决定为沂山拍一部3D纪录片。

为了拍摄好这部影片，我聘请了北京的专业团队，使用了国际最先进的3D摄影机；邀请了法国演员，动用了中央电视台的配音。经过一个多月的紧张筹备和拍摄，一部精美的3D风光纪录片——《沂山映像》完成了。当时我并不知道，这竟是中国第一部3D纪录片的诞生。我无意间又为沂山创造了一项纪录。片子上映后不仅获得专业人士的好评，被中央电视台3D频道多次播放，而且成为中影集团全国院线放映3D电影前的垫片，还获得了好几项全国纪录片、微电影大奖，沂山因此让更多的电视电影观众所熟悉，知名度和美誉度都大增。

为了这部《沂山映像》影片，我可谓耗费心血，亲自撰写解说词，并为沂山创作了散文和诗句。在此节选《沂山映像》解说词如下：

在这个夏天，我与美丽的沂山不期而遇。她让我更加了解到绿水青山的含义，让我更加体会到中国文化的魅力，让我更加品尝到一见倾心的滋味。在这个夏天，我与沂山有个约会，是沂山，让我如此这般地着迷。沂山，我已经深深地爱上了你。

人生，距离生命的起点越久远，内心也就变得越清净淡然。远离都市的繁华，拭去一身的尘埃，在青山碧水中，在仙山古道间，寻找对生活追问的答案，把记忆藏进每一片新槐花瓣，让画面停在每一湾清澈山泉。泛一叶扁舟，摇曳在波光粼粼的湖面，侧耳倾听，婉转的莺啼，清脆的蝉鸣，那是大自然的歌声；无忧无虑的快乐，天真烂漫的想象，都随震耳的百丈瀑布倾入心境。

用双脚去丈量，每一步竟如此轻松，古韵传承的清幽之中，夹杂着纯真的嬉笑声。那飞扬的欢乐，可以让人忘却尘世的纷争；那挥动的记忆，让你不忍打破现有的宁静。站在古老的廊桥之上，蓦然回首，那山却在美丽梦境中。清幽是一种修行，山水有初逢，山不曾改变；水清澈自然，情深意长，岁月积淀。中国沂山，恰似我的初恋。

沂山古称海岳、海岱，又名东泰山。古人尊东为上，东乃大地日出之所，万物初生之地，紫气溯源之处。东镇沂山，十六位帝王登封于此，其皇帝留存的御碑刻数量为世界之最。历代大家名士、文人墨客也留下经典诗章，故有“东镇碑林”“北方第一仙山”之说。

《史记》曰：黄帝登封沂山，大舜定沂山为重镇。西汉太初三年，汉武帝亲临沂山祭祀，始建玉皇顶，名“泰山祠”；隋、唐、宋、金、元、明、清历代帝王均登封祀典。隋开皇十四年，隋文帝设祠祭祀沂山；唐天宝十载，唐玄宗封沂山为“东安公”；宋政和三年，宋徽宗封沂山为“东安王”；元大德二年，铁穆耳封沂山为“元德东安王”；明洪武三年，朱元璋封沂山为“东镇之神”；康熙五十二年，清圣祖康熙手书“灵气所钟”；乾隆二十年，清高宗乾隆书丹“大东陪岳”。一代代帝王将相，就这样传颂着沂山之神的灵惠，也让东镇沂山名垂青史。

在中国，祭祀活动贯穿于整个人类发展史中，东镇文化的核心就是祭祀文化。在这条祭祀之路上，不但帝王将相纷纷而来，数以千计万计的朝廷大员、地方官吏、文人雅士、道徒信众，也以虔诚之心汇聚东镇庙，从而把这里打造成一条祭祀的文化之旅。

沂山，雄峙于沂蒙山区北部，其山体蜿蜒，气势磅礴，水源充足，为汶、弥、沂、沭这四大河流的发源地，具备南险、北奇、东秀、西幽之综合特点。凭栏眺望，峰峭谷翠，松涛云霭，相映成趣，更有“北方九寨沟”之韵味。沂山为国家级风景名胜区，国家森林公园，自然风光和气韵堪称绝佳，可谓得天独厚的“天然氧吧”。

行走在云动山移、峰影隐现的五镇之首，你会发现白云在脚下流淌，浓雾在峰峦间穿行。国际登山邀请赛的举行，更吸引世界各地的游客，陶醉在这“虚无缥缈间”的美丽图画之中。站在玉皇顶，发现日月低垂，白云摩顶；登上歪头崮，峭壁若劈，犹如身置凌空；漫步神龙大峡谷，花果遍野，流水泉鸣；远眺“天下第一雄狮”狮子崮，巨石层叠，高耸穹空；走进落差百米的北方第一大瀑布百丈崖，落水击石，声如松涛，真乃“大珠小珠落玉盘”。大自然的鬼斧神工，造就了这里的奇妙风光，可化作一片白云，悠然地飘在青山绿水之上；古老岁月的积淀，幻化了六千年的文化底蕴，才涤荡出今天光彩熠熠的沂山映像。

做完影片，我意犹未尽，又策划出版了《沂山映像》画册，作为3D纪录片的姊妹篇对外发行。影片与画册的推出，不但得到沂山景区的认可，也得到临朐老乡们的一致好评，更为沂山的对外宣传推波助澜。

从邀来中国国际象棋队集训，到策划举办体育大赛等活动，再到拍摄影片、制作画册……我的所有这些努力，都是我作为一个临朐人所应当付出的。不管怎样，作为家乡人，我对沂山的感情是真挚的，而且今后也会一直关注她，继续为她的发展贡献自己的一份力量。

作者简介

刘玮，祖籍临朐县东城街道榆林店。1993年入职齐鲁晚报，成为资深体育记者。采访过包括世界杯、奥运会在内的几十次重大体育赛事，出访八十多个国家，出版过《望岳》、《滚动的心》、《64格诱惑》、《棋后这样炼成》多本书籍。现担任齐鲁晚报棋院院长、齐鲁影业传媒有限公司董事长。操盘山东围棋队、山东国际象棋队两支甲级冠军队，培养了6名棋类世界冠军和50多人次的全国冠军。主持拍摄了多部微电影、电影、电视剧、纪录片。涉足演艺、动漫、教育、旅游、高尔夫、新媒体等多个产业。曾获山东省十佳记者、全国十佳体育记者、全国棋界突出贡献奖，2008年获山东省劳动模范，并被省政府记一等功。

乡愁乡恋游子情

刘德久

“上有天堂，下有苏杭，走来走去还数龙岗。”这是临朐龙岗人赞誉、眷恋家乡的世传民谣。我的老家就在临朐龙山脚下的龙岗镇（今龙山高新技术产业园）十字路。

临朐，心中的天堂，魂牵梦萦的地方，我的人生旅途由此起航。

游子在外，思乡，恋乡，家乡的山山水水，无时无刻不在心中闪烁、流淌！人道是，天南海北各有长。我却说，今生神驰是故乡。唯思乡幽情，眷眷悠长。

临朐在变化中发展、成长，日新月异，游子难想象。曾记得，五十年前的临朐城，平房一排排，北南一条街，仅有数百米长。现在的临朐，高楼大厦鳞次栉比，一派现代景象；滨河公园、朐山公园、文化广场品位高雅、风光，充分彰显临朐深厚的文化底蕴和全国文化模范县风尚；人文自然遗产保护与开发科学有序，令众景仰；临朐境内公路网络畅达，贯通八方；经济社会迅步前进，人民生活蒸蒸日上，由贫困跨入小康，由自然经济走向现代文明，满目欣欣向荣，生机昂扬。

我爱你，人文厚重、风光秀丽、日渐富强的临朐；我爱你，生我养我的故乡！

乡　恋

身居他乡为异客，游子常想儿时家。
天南地北风光美，不及故园牵牛花。

乡　愁

一年一度又中秋，举觞望月饮乡愁。
游子离家五十载，乡音乡情凝心头。

思　乡

窗外秋雨绵，心中皓月圆。
把盏思故乡，情溢金樽满。

重阳故乡行

九九重阳节，眷眷桑梓情。
拳拳游子心，亲亲故乡行。

怀 乡

明月千里寄相思，悠悠乡愁常伴依。

庭前往事皆烟云，梦境萦怀是故里。

望 乡

面向大海

深情地远望，沉思，神往

大海的那边是山

山的那边的那边

是我朝思暮想的故园

那里有我儿时的欢乐

那里是我童年的摇篮

母亲乳汁哺育

故乡怀里成长

故乡开启了我智慧的门

把我送上远航的船

我的根在那里，情在那里

无论走到何处

眷恋故土，情怀至远

家是永远的牵挂

那里是人生温馨的港湾

作者简介

刘德久，1942年生于临朐县龙岗镇（今龙山高新技术产业园）十字路村。1969年毕业于山东大学政治系，进山东人民出版社从事图书出版事业。曾任山东人民出版社总编辑、编审。策划编辑图书数百种，其中数十种图书获省和国家级图书奖，有多种图书填补了我国有关学科空白。1988年被山东省委、省政府授予山东省专业技术拔尖人才。曾兼任山东财政学院教授，中国管理科学院国民经济管理研究所研究员，山东经济学会、山东经济管理学会副会长，中国国民经济管理学会、中国《资本论》研究会常务理事等。

影响我人生的三位乡贤

来永生

我生在临朐，中学时代也是在临朐度过的。也许因为临朐太闭塞的缘故，年少的我渴望拥有广阔的天地。等到客居他乡尤其是游历过亚欧大陆以及美洲大陆以后，不再年少的我反而更加眷恋临朐，常常在初识者还没有询问我是哪里人时，主动提及我是临朐人。

距离临朐越远，临朐在我的记忆中越清晰，因为临朐而产生的思绪越纷扰，这是年少的我很难想象的。我对临朐的牵挂是与生俱来的，对临朐的热爱是根深蒂固的。我为自己是临朐人自豪，不仅仅基于我的血缘，更基于我的文化认同。

因为冯惟敏的缘故，我在中学时代就记住了临朐人的达观。

在五井初中读书的时候，我曾经多次到学校东面十几里处的老龙湾游览。不为别的，仅仅为了呼吸冯惟敏曾经呼吸过的空气，漫步冯惟敏曾经漫步过的土地。即使多年以后我驻足在美国的五大湖岸边，我的脑海里也曾经出现过老龙湾以及冯惟敏的身影。

不知为什么，我特别喜欢冯惟敏的散曲，很早就记住了《黄罗歌 · 灌园》：“流水绕人家，灌田园开小闸，随弯就曲增堤坝。罢河阳种花，效东陵卖瓜，路人笑俺抬高价。自矜夸，累累满架，无色眩云霞。充饥当饭，解渴当茶。客来款待，临溪坐沙，谩条条共说无忧话。机心尽，乐意恰，汉阳抱瓮旧生涯。秋葵叶，春韭芽，四时佳味度年华。”

冯惟敏的这首《黄罗歌 · 灌园》作于辞官归田以后，意思并不新鲜，但通篇呈现出的爽朗明快的风格，确是一般的士大夫所少有的。跟《黄罗歌 · 灌园》一样，冯惟敏的杂剧《僧尼共犯》也是我在中学时代熟读的。《僧尼共犯》写僧人明进与尼姑惠朗苟合被邻人捉住送官，钤辖司吴守常将二人打了一顿板子，断令还俗的故事。冯惟敏借吴守常的嘴说道：“成就二人，是情有可矜。情法两尽，便是俺为官的大阴骘也。”冯惟敏让明进与惠朗挨一顿打再欢欢喜喜结为夫妻，于情于法都有了交代，既体现了他的慈悲，也表现了他的智慧。

因为傅国的缘故，我在中学时代就记住了临朐人的刚烈。

从五井初中升入临朐四中以后，我曾经多次到七贤乡猫林沟村凭吊。猫林沟村那位曾经担任明代户部郎中并在辽阳战败后削官归里的乡贤傅国，常常激发我深深地思索。傅国富藏书，广研读，潜心著述。我没有读过傅国的《云黄集》、《咸平阳秋》、《春秋史驳》等著作，仅仅读过《昌国艅艎》一书。单单《昌国艅艎》一书就让我唏嘘不已。《昌国艅艎》系临朐县第一部私修县志，其诞生在明王朝风雨飘摇大厦将倾之际。傅国撰写这部著作，完全是为了著山河之志，尽臣子之心。据光绪《临朐县志》记载：“崇祯甲申，土寇至，国整衣冠自焚死。所蓄图书万卷，置一楼，颜曰凝远，至是俱烬焉。”临朐曾称昌国，将一部实际意义上的《临朐县志》命名为《昌国艅艎》，其中凝聚了作者无限的哀痛。艅艎原本是春秋时期吴王的座船，后被楚王俘获，傅国用《昌国艅艎》命名他的私修《临朐县志》，也体现了他对明王朝的绝望。尽管傅国早已对明王朝不抱任何希望，但是当他得知清兵逼近临朐县境时，还是在自己的凝远楼内焚书自焚。

因为窦来庚的缘故，我在中学时代就记住了临朐人的敢于担当。

不管是离开临朐还是回到临朐，我都要经过朐山北麓的窦家洼，每次经过窦家洼，我都会长久地注视，因为那是窦来庚的家乡。

窦来庚是我在中学时代最崇拜的英雄，因为他是临朐人，因为他对祖国和家乡的深沉爱恋。整个中学时代，我不止一次到访窦来庚的家乡窦家洼，聆听窦来庚在民族危亡之际顽强抗争的感人故事，聆听窦来庚依然回荡在历史深处的“学智、强身、报国”的誓言。整个中学时代，我不止一次到访窦来庚英勇战斗过的福山、八埠顶一带，并在窦来庚自戕捐躯地默然肃立。面对着一望无际的杂草，面对着落光了叶子的树木，我仿佛又见到了蜂拥而至的日本军人，仿佛又见到了弹尽粮绝孤立无援的窦来庚。窦来庚射杀自己的枪声早已消失，但回声似乎越来越响，始终响彻在每一个有良知的中国人的耳畔。

对我来说，中学时代早已变成了遥远的梦境，但关于中学时代的记忆依然清晰。冯惟敏、傅国、窦来庚三位乡贤的达观、刚烈、敢于担当，早已融入了我的血脉，并将影响我的一生。在以后的岁月里，我不管从事什么工作，不管遇到多大困难，都会比照乡贤，勉力为之。因为我是临朐人，因为我曾经生活在冯惟敏、傅国、窦来庚曾经生活过的土地上。

作者简介

来永生，1962年5月生，临朐县五井镇人。1982年7月参加工作，先后在临朐县供销社、临朐县经委、潍坊市经委、潍坊市委研究室、潍坊市委办公室、潍坊报业集团（潍坊日报社）、山东大众报业集团任职。现任山东大众报业集团副总经理，半岛传媒股份有限公司副董事长。南开大学商学院EMBA学位，高级编辑，被聘为潍坊学院文学与新闻传播学院名誉院长。在中央和省级主流媒体发表新闻、文学作品及各类文章280余篇，获“全国报业经营管理优秀个人”“中国传媒年度创新人物”“中国地市报十佳社长、总编辑”等荣誉称号。

我的少年时代

来永生

自从母亲搬离五井，我便很少回五井了，总感觉母亲已把故乡的一切都带到了我的身边。最近几年，随着年龄的增大，五井的山山水水、老乡的音容笑貌，经常出现在我的梦中。梦中的五井没有了现在的高楼通衢，只有一片低矮的平房和绿油油的庄稼地，穿梭其间的竟然是少年时代的我和我的伙伴们。

我生在五井镇五井西村。那时候的五井镇叫五井公社，五井西村叫胜利大队。在我的少年时代，五井镇驻地以及五井西村四周的十几个村庄，构成了我眼中的整个世界。

我们家共有6口人，除了父母和我，还有年迈的爷爷奶奶和年幼的妹妹。父亲在外工作，很少回家，家中所有的负担几乎全部压在了母亲肩上。母亲既要参加村里的生产劳动，还要照顾一家人的衣食住行。也许是不愿意整天看到母亲疲惫的身影，年少的我总想尽可能地分担母亲的辛劳。

在我的少年时代，村里人所吃的粮食主要靠石磨和石碾加工。石磨家里就有，随时可用，可是石碾的使用就要碰运气了。村里共有两盘石碾，一盘在村北，一盘在村西。因为石碾的使用频率太高，我和母亲大都选择别人很少使用石碾的时候使用。夏天经常在正午，冬天经常在黎明。富有的人家，套上一头毛驴拉碾。我当时就想，什么时候我们家也有一头小毛驴啊。

那时候生产队按照每家每户的工分分配口粮，为了能给家里多挣一点工分，我不光利用放学时间给生产队拾粪、割猪草，还学会了耩地、扶耧这种技术性较强的农活。即使母亲和我拼命劳作，分配的口粮依然不足，我们家每年都要往生产队交钱。记得到我上高中的时候，我们家的欠账累计已达400多元。那个时代，这可是拉下的一笔很大的饥荒。

少年时代的我没有太在意生活的艰辛和物质的贫困，苦难的历练反而刺激了我爱幻想的天性。我用纸箱子和手电筒制成幻灯机，从父亲工作的单位借来幻灯片，尝试着放映幻灯。因为那时候很少看到报刊，父亲从单位里带回来的包东西的废旧报纸，也成了我的珍藏。那个时候在农村里像我这么大的孩子，很少能看到报纸，即使《人民日报》、《参考消息》和《农村大众》也很少看到。我常常将自己喜欢的为数不多的文章刻在蜡纸上，借用学校里的油印机印出来分发到好伙伴的手中。2006年就任潍坊日报社社长之后的一段时间，我不时地想起少年时代编辑油印小报的情形，实在想不到我跟报社的缘分竟会产生于少年时代。

我从小爱好文艺，少年时代的我始终是学校的文艺骨干，课余时间常常在老师的指导下压腿、劈叉、拉二胡。我和同学演的秧歌剧《兄妹开荒》，还参加过五井公社的文艺汇演并获奖。直至现在，每当听到电视机里传出《兄妹开荒》的音乐，我还能跟着哼哼几句，还能回忆起初次登台时的羞涩、胆怯和自豪。记不得当时的我有没有将《兄妹开荒》浓郁的泥土气息与农民特有的诙谐幽默表现出来，但观众们开心的笑声还是让我感到了极大满足。

也许因为经常看我放映的幻灯，也许因为经常阅读我油印的小报，也许因为我经常给那些受欺负的孩子打抱不平，村里的四五十名小伙伴将我当成了他们的领袖，我也成了远近闻名的孩子王。小伙伴们凑在一起，不是捉迷藏就是摔跤，也玩一些有趣的小游戏。农闲之际、放学之后，我还率领小伙伴们登八岐山、下小石河。八岐山共有8个山峰，很少有人登上过全部山峰，而我在少年时代就将8座山峰全部登遍了。小石河横穿五井，清澈的河水缓缓流淌，承载着我记忆中太多的美好。时隔几十年，我和小伙伴们下河摸鱼的情景依然时常出现在脑海里。

对我来说，少年时代早已远去，但关于少年时代的记忆却越发清晰。因为少年时代的艰辛，我懂得了珍惜；因为少年时代的友谊，我懂得了真诚；因为少年时代的向往，我懂得了执着。发生在少年时代的一切，无论痛苦还是欢乐，都像橄榄一样珍藏在我的心中，值得细细品味。

我家门口那湾水

李新生

20世纪60年代末70年代初，我的少年时光是在老龙湾度过的。

老龙湾是我的家，它给我留下的最深的记忆就是乡亲们与那一湾泉水的融洽与亲密，那湾水是老龙湾人生活的重要部分。一年四季中，不论天气有多炎热，我的家是凉爽的；无论气候有多寒冷，我的家是温暖的，皆因为我家门口那湾水。

围绕老龙湾一周有四个村庄，分别以东、西、南、北命名，我的家是东村，就是老龙湾最东边的村子。老龙湾东边有一座小桥，桥下有个泄水闸。正常年景这个闸是关着的，需要灌溉下游农田的时候就开闸放水。平时老龙湾的水从这个闸门溢出，流到我们村后又被第二道闸闸住，于是就形成了又一湾水面，有人称它“小龙湾”。老龙湾人都管这个小湾叫“海子河”，我们村就围海子河一周坐落着。

沿海子河南岸东西方向住着八户人家，我家便是其中一户。这八户人家的正屋都有一个后门，打开后门，沿石阶而下，便是海子河清澈的水面。每户人家都在水里用石头垒起一个大约四五平方米大小的石台，每天随着水面的升降，这个石台时而露出水面，时而淹没水中。人们在这个石台上打水，洗菜，淘米，洗衣服；夏天这个石台是大人们乘凉的地方，是孩子们游泳的跳水台和玩耍台。到了冬天，水面上冒着腾腾热气，整个老龙湾笼罩在雾气中，这个时候再看我们那八户人家后门的石台，朦朦胧胧，若隐若现，简直就是江南“水乡人家”！1982年，山东电视台拍摄电视剧《山胖子》，部分外景就选在我们家的石台上。

那时候精神生活贫乏，看场露天电影都是最奢侈的娱乐活动，但是，在我的印象里，因为有这一湾水，老龙湾人却从来不寂寞。老龙湾的春天充满了生机。这个季节是竹笋生长期。竹笋生长有个说法。笋芽从地里冒出来就只长高不长粗了，冒出来的笋芽多粗，将来这棵竹子就有多粗。这个确实是真的，因为我亲自检验过。记得有一次放学后约了几个小伙伴，到竹园里用细草绳将一棵棵竹笋捆起来，过几天去观察它是否长粗，结果发现，已经长成很高的竹竿了，细草绳却没有撑断。竹笋的生长特别快，从竹笋长到竹竿，就几天的工夫，如果再遇上几场春雨，几乎就是一夜之间。为了不打扰竹笋生长，这个季节村民们走路的脚步都是轻的，整个老龙湾平静得似乎只能听见竹笋生长“娑娑”的声音。柳树是喜水植物，所以老龙湾里的柳树特别多。老人们说，有水的地方插上根柳棍就长成柳树，有些甚至是自己冒出来的，老龙湾一圈一搂多粗的大垂柳就不下几十棵。柳树又是几乎所有树里面发芽最早的，当其他树木还在苏醒的时候，柳枝的叶子已经茂密。或许是竹笋生长快、柳树多的原因，老龙湾的春天也感觉特别短，低垂的柳枝飘不了几天就把夏天飘来了。一到夏天，整个老龙湾就热闹起来，就像狂欢节到来，到处充满着欢乐。泉水、竹子、各种旱鸟和水鸟，还有水里的鱼，都显得特别兴奋。度过了春季农田灌溉用水，泉水也有了“闲暇”，逐渐丰沛起来。铸剑池的两个狮子口喷涌更加有力，整个西边村子都能听得见“哗哗”的声音。东边的小桥边上有个“磨坊”，村民们叫“水打磨”，是村民利用老龙湾水流的动力，建起的一座磨粮食的作坊。这也是当时老龙湾周边几个村唯一的“企业”。虽然这个加工厂坐落在老龙湾里，却没有对老龙湾的水产生任何的污染，因为它是用的水动力，非常环保。这个地方是老龙湾的中心，在这里可以看到老龙湾和海子河的全貌。轰隆的机器声和水闸的泄水声交织在一起。磨坊周边有很多柳树，其中有一棵长在水里，听我爷爷说，这棵树还是他小时候栽下的呢，有50多年了。这个地方是老龙湾的“广场”，村里的告示、通知什么的一般也在这里张贴发布。平日里常见三五成群的人，在这里聊天，玩耍，打探和传播一些重要消息。

夏天，老龙湾就是个水上游乐场，不论中午还是傍晚，人们干完活必定要到水里走一趟。老龙湾人不会水的不多，不论大人小孩男人女人。小孩子从小就在水里泡，不用专门学游泳，被大人们无情地往水里扔几次就学会了。老人们常说：“老龙湾水不淹人。”据说自古以来老龙湾就没淹死过人。听说有一年夏天，北岸不远处的学校里有个学生有夜游症，他半夜里来到老龙湾，不会游泳的他却“游”了个来回，然后又回到宿舍睡到天亮，第二天竟全然不知。这个传说真假无从考证，但老龙湾人的记忆里就没淹死过人。仔细琢磨，老龙湾水淹不死人大概是有可能的。老龙湾是个“村中湾”，它坐落在村子里面。有些人家这村到那村，必经过老龙湾；许多人家的正门口或者后门口就对着老龙湾，出门见水，人来人往；夏天就不用说了，游泳的，乘凉的，玩耍的，多的是；即使其他季节，甚至冬季，也少不了人。如果有人被淹，很快就被发现，会游泳的人多，很容易就被救上来。所以，尽管离水很近，大人们很少担心自己孩子的安全问题。老龙湾“下河”（到水里玩）是一大景观。白天主要是孩子们，放学回家最喜欢的事情就是下河。下河人多的地方是最西边的雪化桥上、海子河的三孔桥上、江南亭以及南岸几棵粗大的歪柳树下，因为这几个地方可以跳水“扎猛子”，很是过瘾。天气越热水就越凉，甚至凉得刺骨，在水里待上十几分钟，就会冻得全身哆嗦，甚至嘴唇发紫，游一会儿就要上岸晒太阳。尽管如此，大家还是乐此不疲。湾南岸有几棵大柳树，树龄应该在四五十年，因为树干向水里倾斜，爬到树上往水里跳是最刺激的，最高处离水面有七八米，水性好的头朝下扎，水性差的脚朝下跳。大家玩起来常常忘记一切，所以学校老师最头疼的事情就是有些学生上课迟到。中午放学时老师必叮嘱一句话就是：“别下河！”不听话的学生也瞒不过老师的眼睛，第一节课老师会让大家把裤腿挽到膝盖，然后用指甲在腿上划一道，这一道就把下水的查出来了。因为下水后暴晒，皮肤很紧，划痕像白色粉笔一样，于是，下水的被罚站。相比较孩子们，大人们和女人们游泳就文明、节制多了，他们一般都是在晚上下水。夜幕下的老龙湾，充满着温馨和浪漫，岸上是乘凉聊天的老人们，水里是“哗哗”的划水声和女人们的嬉闹声，交织成一曲迷人的小夜曲……

老龙湾里鱼很多，常见的就有鲤鱼、草鱼、鲫鱼、鲢鱼、沙丁鱼、麦穗鱼等，鲫鱼和鲤鱼最多最大，四五十厘米长甚至更大的鲤鱼很多，那时候鱼是随便抓随便逮的。老龙湾人逮鱼的方式很多，而常用的方法是叉鱼和摸鱼。很多人家里都有鱼叉，叉头呈“山”字形状，三个锋利的尖，有倒钩，叉杆是一根一两米长的竹子。叉鱼有高手，他们的动作相当敏捷，站在岸边或浅水处眼睛盯着水里，一看见水面有动静，迅速将鱼叉扔出去，一条鱼就被叉中了，然后向水中游去，连叉带鱼捞起，一般都是一条比较大的鲤鱼或草鱼。摸鱼是到水底下逮，游泳的时候常捎带着摸鱼。老龙湾的水底有很多大大小小的坑，有的是泉眼有的是脚印，鲫鱼会藏在这些坑里。一个猛子扎到水底，找到一个坑，两只手将坑口堵住，趁鱼往外跑迅速将鱼抓住，抓得好可以一手抓一条。那时候的老龙湾好像一个大鱼塘，村民随吃随抓，却也总抓不完。

抓不尽的还有螃蟹和虾。秋天的螃蟹肥，是抓螃蟹的好时节。抓螃蟹一般都是在晚上，那时候手电筒属于奢侈品，家里有也不让用，大家就用火把，所以叫“照螃蟹”。把一块轮胎或者胶皮鞋底绑在一根棍子上，蘸上一点煤油点着，那火苗就亮起来了。螃蟹一般都在湾边的石头缝里趴着，遇见光亮反而更老实，用手就抓住了。一到晚上，老龙湾一圈就亮起了一支支火把，熙熙攘攘，老远就能闻到一股烧橡胶的味道。一晚上能抓到十几只甚至更多的螃蟹。捞虾则是用竹篮子，把篮子拴上绳子，里面放上几块猪或者鸡骨头，然后放到水里，过上半小时提上来，肯定有虾，多的时候一篮子能捞上百只小虾。那时候碗里有肉是“吃大餐”，不常有，而鱼虾蟹却是村民们的家常菜。捞多了，还得腌起来吃呢！

老龙湾里水草很茂盛。为了保持水里干净，也为了下河时不至于被缠住出危险，常见到一些人自发下水割水草。那时候也没有船，就手里抓一把镰刀，一边游一边割，再加上水的流速快，所以老龙湾常年保持着良好的水质。水是清澈甘甜的，最好的证明就是老龙湾的人一年四季喝老龙湾的水，而且几乎都是天天打水。每天早上，天刚亮，人们便起床到泉眼旺的地方打水，因为这些地方的水流得快，特别干净，老龙湾人每天喝的水都是新的。

老龙湾的村民们祖祖辈辈生活在这里，与这湾水结下了深深的渊源。对于老龙湾人来说，这湾水是养育之水，是快乐之水，是生命之水。时间一年年过去，老龙湾也随着时代变迁，不断发生着变化。如今的老龙湾比过去大了，周边建起了不少人文景观，还修起了围墙，收起了门票，每天有专人维护管理、打扫卫生、修缮建筑等等。在政府的大力推介下，知名度也越来越大，已经成为远近闻名的旅游景点，成了“国家5A级旅游景区”的重要组成部分，每天都迎来很多全省各地甚至省外的游客。听到这些，我感到特别的骄傲。老龙湾是一湾有灵性的水，它会给临朐人民带来灵气和福气。

但是，每每勾起记忆中的老龙湾，却也总觉得现在的老龙湾少了些什么，细想想，其实就是人与泉水的亲近与融合。人与自然，唇齿相依，互相依赖，相互关怀，自然景观是上天赐予人类的最宝贵的财富。我们利用它、开发它的目的是为了让它更好地为社会进步和文明服务。通过开发和保护，让人类与自然更近、更亲。我时常想，如果我儿时的那些快乐的事情，变成游览老龙湾的“亲水”活动，不是非常吸引游客吗？如果我那后门就是水的家还在，它可以不是我的家，让它成为游客的“家”，再现江南“水上人家”，那不是很美的风景吗？

但愿，我家门口那湾水越来越美。

作者简介

李新生，1958年生于临朐县冶源镇。曾在临朐拖拉机厂（后改为石油机械厂）当过工人，后在临朐县文化馆从事《临朐文艺》编辑工作。1975年11月调到临朐县委宣传部报道组，从事新闻宣传工作。1978年，调到山东省创刊最早的杂志《农业知识》社，历任记者、编辑、编辑室主任。1988年，调入大众日报社，参与《齐鲁晚报》的创刊至今。历任记者、编辑，新闻部主任、副总编辑、常务副总编辑、执行总编辑。曾获得过首届泰山新闻奖提名奖、全省十佳新闻工作者、中国晚报杰出贡献总编辑奖等荣誉和称号。现任齐鲁晚报书画院院长，兼任山东省艺术摄影学会副主席。为山东省书法家协会会员。

乡愁的味道——泉水篇

宋光茂

年轻时，一味贪恋外面的世界，不懂得乡愁，品不到乡愁的味道。等到上了些年纪，乡愁在心田里萌芽了，乡愁的味道愈益散发开来。年纪越长，乡愁的味道越浓烈起来，钻到你骨子里，附到你的肺腑上，融入你的血脉里。或许“落叶归根”的愿望正是从乡愁自然生成的吧。

我试图用酸甜苦辣，或者它们的某种混合的味道，来述说乡愁，但又觉得无一恰切。或许乡愁的味道压根儿就不是生理的感受。每当有家乡的人来，我最希望他带来一桶家乡的泉水。我是思恋家乡泉水沁人心脾的清爽和浅浅的甘甜吗？不是。母亲在世时，一见到新挑回家的泉水，就趴在水桶边“咕咚咕咚”地喝个够，一年春夏秋三季皆如此，一直喝到八十多岁高龄。泉水寄托着我思念的味道啊！

小时候，我最喜欢在泉边玩耍。泉子用巨石垒成深约一米的长方池，泉水从泉眼里不动声响地翻涌出来，又从巨石间的缝隙里挤出去，在巨石下面冲出一方水湾，泉水流出水湾，汇入村前的那条小河。每到夏季麦收时节，我和小伙伴们把麦秸一截一截地插起来，插到一人多长，把一端放到泉池里，站在泉边巨石上用麦秸吸吮那新涌出的泉水。泉水的甘洌和着麦秸的清香，把我们这些调皮的孩儿们个个都定在了那块巨石上，微微眯上了眼睛，享受着，如同婴儿吸吮着妈妈的乳汁，一直吸到肚子撑圆了才回过神来。家乡的泉水里带着多少童年幸福的味道啊！

等到上了初中，泉水的童趣已被学业的压力覆盖了，但我每天仍然离不了泉水的浸润。村里没有初中学校，每天凌晨我和同学们经过泉边，翻过一座山梁，到三四里外的邻村上学。一早起来，从不在家里洗手洗脸，到了泉边，蹲在泉池下边，捧手接住哗哗的泉水，顿觉清醒，如同补上了睡眠的不足。古人说“糊涂脸水聪明枕”，用我家乡的泉水洗脸却不然，它立时让人清醒，让游子保持聪明。

冬季的清晨，泉池上总是罩着一层水雾。怕湿了鞋袜，只能蹲在泉水湾边洗脸。用手轻轻拨弄着水雾，就感觉到泉水的温度，掬两捧冲到脸上，脸上暖暖的。那时候，身上也不带手巾，甩甩双手，往脸上抹一把，带着脸水就赶路了，脸也从没皴过。这也不知是泉水的缘故，还是年轻的缘故。

家乡的泉水，没有济南趵突泉水的声势，没有杭州虎跑泉水那般蜿蜒，没有黑龙江五大连池的神奇，但它汇聚了沂蒙山脉的膏泽，是广纳而涌的自然恩赐。代代相传，祖上正是看中了这一池泉水，才从山西迁徙落根于此的，并将此地命名为“釜泉”，意即泉水像开了锅般翻涌的地方。祖上为农，竟也有这般文化，初念及此事，甚感惊叹。

如今，泉水仍在日夜不歇地翻涌，但自父母双逝后，我就少了很多回故乡的机会。已经许久不曾品尝家乡泉水的味道了，泉水留给我的乡愁，融进了往事追忆的无奈中、时光流逝的惋惜中、故乡诉说的惆怅中。

作者简介

宋光茂，1962年生于临朐县九山镇釜泉村。1979年上大学，1985年读硕士研究生，1988年读博士研究生，1991年获得经济学博士学位，现为人民日报高级记者、人民日报社计财部主任。历任中国社会科学院副研究员、《经济研究》编辑部主任，国务院发展研究中心宏观部研究室主任、研究员，人民日报驻山东记者站站长（副局级）、正局级站长，人民日报上海分社社长等职。著有多部经济学专著，主编多套经济问题丛书，发表多篇经济学和新闻学论文。

草园子的颜色（外三首）

辛　牧

春天的颜色从芳草中归来
神话的嫩绿
迷幻的鹅黄
采一把青草放于头顶
那是无往不胜的骑士
太阳在额头运行
风在脚下盘旋

岁月的颜色从芳草中蜕变
几片古铜，几绺斑驳
虫鸟的征战者已归落天涯
泥土守住了根的畅想
人生苦短，游子回首

荒芜中仿若有赤足奔来
那是我的童年抑或是破碎的梦
不知，还有谁的血脉
又在期待野火的引燃

依门凝望

日月在天际轮回
母亲依立已久，无语凝望
游弋于空中的纸鸢与青鸟
不忘炊烟的森林
往来于春秋之间
那可是远方儿女的身影

故乡的路有多长
母亲的忧虑便有多长
心中的沂峰有多高
儿女的志愿便有多高
几代人的信誓荷载岁月颠簸
多少回乘千里外朦胧的月光
向着那束光影飞翔

村口古槐忠诚地陪伴母亲

树干沾满风雨苔痕
树枝张扬手的沧桑
那是期盼的见证
那是母亲被尘封的时光
撩起绺绺紊乱的惆怅
默数母亲额前新添的寒霜

山路紫丁香

纤弱的体态
神秘的幽香
不在清照幽怨的衣袖里
它在沂蒙儿女的蓑衣下

一滴高贵的晨露
熏染时代的季节
一段牵动思维的典故
扎根于乡村的阡陌
这是人间真爱的标识
固执地佩戴于故乡的胸襟

爱的符号不需要破译的密码
乡音的感染是一种默契

星斗与燕语主持的爱的仪式
定然天长地久

玉米地

伫立于雨夜的田埂之上
谛听玉米拔节的声响
黄金的欲望敲打心的门扉
一如空中恒星的开关豁然打开
宣读一座帝国城堡庆典的旨令

玉米的金色灯盏高悬
打谷场　老榆树　还有院中的石磨
习练盛宴的仪态
神咒的魅力喷薄辉煌
流云夺不走星星的光芒

秋风吹斜的影子
被玉米的光芒投向木讷的泥墙
努力咬住闪烁金光的颜色
抒写一篇击败时空的寓言
破译贫穷中的谎言和真诚

作者简介

辛学福，笔名辛牧，字牧之。临朐县辛寨镇人。职工天地杂志社编审、总编辑。中国新诗研究会副会长，当代工运研究会理事，山东省作家协会会员。毕业于山东大学，先后担任高校教师、共青团干部和报社期刊社记者编辑等。多年来，撰写发表小说、散文、诗歌、杂文、报告文学、艺术评论等400余篇（首），出版诗集《此岸》、报告文学集《大江东去》等。

“无味”诗社忆旧

张中海

二十世纪八十年代，被公认为是思想精神文化的黄金时代。“无味”诗社就是在这一年代到来之前和到来之后的产物。

1976年9月，笔者参加县创作组在粟山脚下县供销社所属一个院落里办的故事创作学习班，遇诗友朝晖（张玉林）。朝晖与我早就熟悉的诗友王延庆同为城里兴隆街人，家又在汽车站对过，南来北往，放自行车什么的，交往自然就多了。一天，我们三人一起，朝晖提议成立一个诗社，这自然一拍即合。既然成立诗社，就得有一个名字，我们先从诗社发起能有几人算起，从近及远，最投脾性的也就是五位，于是有了“五味”的设想。当时所指“五位”除去我们仨外，还有曾在县油印刊物《临朐文艺》最早刊发过作品的老作者、七贤焦头联中的陈洪泽，再就是刚出手就气度不凡的有着“才子三兄弟”之称的杨家河的王承谐了。那时，以后在全国诗界弄出一片动静的诗友于振海，还蜗居在他老家九山。以酸甜苦辣咸五味俱全之意称谓诗社发起成员数目，还真有点构思上的巧合，何况，还有一中药名“五味子”，有治疗神经衰弱之功用，我在小学三年级时就喝过它的糖浆。最后定名为“无味”，是考虑成立诗社虽是游戏好玩，但最好别给什么人留下什么影射之嫌，就打鲁迅“诗要有味”的旗号，以示自谦。

时为1978年春，划时代的十一届三中全会10个月以后才召开；以后中国诗坛朦胧诗人群的摇篮《今天》，也在这一年夏天，在北岛和芒克的策动下起步。山高皇帝远的沂山脚下的乡土临朐，这一群不知天高地厚的诗友就蠢蠢欲动了。

“梦再美，也只能做到醒的时刻。”寒夜过去，在梦中构筑空中楼阁的人再也找不到曾经的富有。当乌托邦田园的精神罂粟已逐日枯萎，思想的国门打开后土腥、油腥、脂粉腥一股脑地涌入，使滋生这一代诗人的春江水暖，诗歌便承担起唤醒昏聩、催生欲望、布局生命运行的载体。这是一个挑战——多读了几年书的振海多年之后这样分析当时的背景。

“真正的诗篇，一定走在时代的前头。”这是我高中班主任张瑞利老师常说的一句话。那时我们并不知道怎样才能走在前头，但知道随着一个时代的结束，中国，再也不能如以前那样继续下去了，于是就写了一批又一批反映农村新变化的诗作。其实，那时的农村还没有体制上的什么变化，真正的变化是在1982年。

我们早在几年前就先入为主地歌颂它如何如何，不如说是希望它如何如何。

在那个年代，在我任民师的青崖头联中，为了中国农村应该向何处去，我们时不时就展开脸红脖子粗的辩论，气一上来，连饭都不吃了。即便是以后有了关于凤阳大包干的正面报道，即便在乡村教师这一算是有文化层次的群体，“辛辛苦苦三十年，一夜回到解放前”的抱怨，也大有市场。这里，你就不难理解以后中央下死命令实行的责任制，不叫分田单干，而称“联产承包责任制”。如此说来，和以后一定程度上修成正果的开一代诗风的朦胧派诗人相比，我们并不落后，只是由于出身、本身素质、地理等诸多原因半途而废，这自然是题外话了。

和北岛、芒克的“今天文学研究会”（被取缔之后的易名）不同，无味诗社除却有一个朝晖所任的社长外，没有章程，也没有制度，以后刊印的《无味》诗刊也只做内部交流，不上街头，也不出卖。而北岛、芒克的《今天》则既上街头，也公开征订。据芒克在凤凰网的“年代访”中回忆，第一期1978年12月22日印完，由芒克等没有女朋友也没成家的三人顶着风雪带着糨糊筒出去张贴，大有“壮士一去不复返”的悲壮。西单、王府井、北大、人民文学出版社、诗刊等等门前……他们敢公开张贴和出售，是因为《今天》的思想锋芒和艺术底气。相比之下，我们的《无味》就真的是无声无息，但即便如此，也还是在1979年11月至1980年6月出刊四期后就停了。由此，昌邑、高密等地诗友欲加入诗社的要求也只能搁置。停的原因倒是和《今天》一致：上级取缔民间社团和民刊。

那时，县创作组已从朐山前党校搬至县委老楼。一天，我到创作组找老师讨教，对门宣传部的张姓副部长找我，小心翼翼地婉转地说明了上级要我们“停”的意思。还说上次见我领着宝贝儿子，怕吓着我，也吓着孩子，没敢找我。——这又和《今天》所遇不同，主要原因当然是因为《无味》本来就无什么影响力，不存在颠覆什么的迹象，核心原因还是家乡父母官的厚道和与人为善。跟我约谈，也仅仅是例行公事。在此之际，本人特向这位张姓部长表示感谢。1984年我去了滕县，他调任我老家七贤乡乡长，对我曾经参加渡江战役的家父的退伍军人待遇还给予特地关照。

也向现已辞世的、先在县委宣传部任职、后升任市委宣传部部长的常溪表示感谢。1983年反精神污染，在一大堆上报材料中，他把涉及本人及振海的材料统统抽出扔进纸篓！振海当时被人所指正是王鑫老师平时的谈笑：“你的诗里为什么总出现‘姑娘’？”——这个“六十年代初就抛离都市，自愿到乡下支援临朐人民山区建设”（王鑫老师原话）的风流才子，即便是“文革”间造反作检讨，也把听众听得一愣一愣的，无不为之折服，即便是糊涂，他也应该知道诗里为什么有“姑娘”一类辞藻。——所谓“污染”，这就是证据！

“工余谈谈诗，写点什么劳什子，就像其他工友打打扑克下下象棋，还可以避免酗酒、打架斗殴，这有什么非停不可的必要？”先期与朝晖一块儿被王姓部长约谈的王延庆这样辩解。部长只是苦笑，不做解答。

相比而言，《今天》境遇就没有我等诗友的幸运了。芒克被开除公职，用他以后回忆的话说，“大公告贴在他造纸厂门口，相当于判刑。”

和《今天》还有不同的是，《无味》诗刊印刷等等，我们不用犯愁。他们则得为纸张、油印机等用品的使用煞费苦心，以后刊物有了点钱，还托关锋儿子从山东德州买回一台滚筒式油印机，而我们，延庆一人全包了。主编、责任编辑、校对、印刷、装订一应俱全。他是焦化厂政工科秀才，人缘又好，公家的东西，尽着他用。

焦化厂位于弥河桥北头路东，每逢进城，那肯定是我的第一站了。往往是脚踏车还没点下，工友们就喊：“狮子头刚走了……”

“狮子头”是延庆工友对振海的昵称。这个童年在西安古城度过、出身大门大户的“山里人”，有着我等乡巴佬所不具有的“异类”品质。由于他在1981年的加盟，无味诗社无疑增添了我们期待已久的活力。在接父亲班、到县电影公司任职前的老家九山宋王庄村里，他高中毕业后打也不听骂也不服，不参加高考，不走正路，一心写诗、写故事、写小说，还利用在生产大队帮助写材料的便利，用公家的油墨蜡纸，把自己的作品刻印成一本本册子，见人就送。看到有着只属于他个人思维、想象、表现特点的作品，我们都觉得吓人不轻。

1982年春天，他因远在青岛的大嫂到北京看大夫，约我一块儿顺便去京城一走，我因责任田的麦子正值浇水，不能如约。——想想看，那年头土地刚分到手，憋了半辈子的农民一个个疯了一样，如果我不在地头连拼带抢，让水流到自家地里，门也没有！

“人家张炜都出国了，你还浇地！”他有些恨铁不成钢地指责。

也确实，头年秋天《山东文学》组织诗歌作者游华山，我也因秋收秋种而未能与他一块儿结伴成行。这种出行，当时，是属于上级文学部门给作者的待遇。

朝晖向来尖刻，悄悄地告诫我们，要看住振海，看不住他就会闹事。他还不无玄虚地压低声音透露所谓最新消息："他姐每月发了工资，都得先给他一沓，哄着他别闹事。"事实上，这也不算虚张声势，大家已经知道，在高中毕业后待在村里那段期间，振海被母亲撵着去山上砍架菜的槐树苗。他带着一个随从先去了淌水崖工地游荡，见一瓦斯罐竖在堑下，就趴在上面这里摸摸那里拧拧，还用烟头戳，结果可想而知，一场爆炸，两人血头血脸，捡回一条命已是万幸了！

一月一次的无味诗友聚会和工作玩乐之余的创作无疑让振海过剩的精力有了宣泄的渠道，也如19世纪末巴黎街头时或相聚于小酒馆的波西米亚浪荡儿，由于一个个沙龙的存在，浪荡儿没有加入有可能起义的密谋，而各自的创作灵感却得以交汇得以迸发。被取缔的诗社除去社刊停办之外，例行聚会以"革命诗歌学习研究小组"的名义，还是以轮流做东的方式照常进行。有一次，在我青崖头联中聚会后，我领他们去下弥河，下着下着突然看见水晃荡起来，第二天才知道是轻微地震。

先在大关医院做X光透视、以后到坊子法院、后又任职省高院《山东审判》业务主编的王承谐是公子哥一类秀才，想想他从大关或潍坊往临朐赶，特别是下了长途客车再往我们乡下晃悠晃悠步撵赶的样子，也算是有生以来少有的力气活儿了。承谘结婚临近，我们就把聚会设在他杨家河老家。先干畜牧、以后又曾任省文联党组书记、省美协主席、也算诗友的王承典自然做东，席间不禁咋呼：“好家伙，五位四架眼镜！”那时候不像现在，有眼镜在鼻梁上架着，是文化人的标志。

也算功夫不负有心人，无味诗友作品渐渐走出临朐，在《诗刊》、《星星》、《山东文学》、青岛《海鸥》等陆续刊发，振海的军旅诗还大篇幅地上了《人民文学》、《解放军文艺》。

乡下青年竟然写军旅诗，并且得到空前承认，一方面是因为当时的中越自卫反击战，再就是他的凭空想象力、不带框子、思维表现不拘一格的诗风了。

1981年冬，昌潍师专蔡万江、刘方泽教授专门到临朐召开座谈会，写评论对临朐诗歌现象给予评论；

1982年5月，《星星》特辑以“山东临朐专页”给予集中刊发；

1982年6月，省文联副主席、老诗人苗得雨特派以后到山师大任教的袁忠岳老师前往临朐写文给予总结；

1982年年底，远在天府之国的《星星》诗刊副主编陈犀率青年诗人、编辑余以建，专程来临朐一探究竟，并召集了更大范围的诗歌创作座谈会。会议期间一个重要议程，就是他和余以建亲自到我烟家铺村的农家看看……继城里西坦周成海从曲师大毕业回乡，嗣后又有岩鹰从南京林业大学毕业回乡，两位科班出身的诗友的加入，又为临朐诗人群增加了更有色彩的看点。

社长朝晖善于总结并且刻薄而又可爱，多少年之后的2007年我们几个再次相遇，他“愤愤不平”：“怎么能这样？写诗最火的，现在挣钱也最多！”这是后话。

当时，他对我们几个人还有总结，他朝晖是凭技巧写诗，振海和承谘是凭才华，而延庆和我本人，则是凭本能写。对临朐之所以形成诗歌气候、之所以成为首批全国文化模范县，我们的总结是因为临朐文艺界有着“三驾马车”缺一不可的牵引，这就是行政上的文化局刘玉泽局长、组织上的王鑫老师、创作灵魂上的郝湘棒老师。对此，我还有补充，除上述条件外，当时的我们还拥有一个写诗的县委宣传部的冯恩昌副部长；还有大家可能忽视也早已离开临朐的马连礼副省长！还是县革委会的时候，他是政治部主任，没有他七十年代中前期的倾力支持，临朐文化怎会有以后的繁荣？

这样说也同样有诗为证。1976年9月主席去世，先是写诗悼念，10月又欢呼粉碎“四人帮”。在我当时所教书的青崖头联中，高考还没恢复，于是青年们都写诗。在《无味》社刊还远没有出现的1977年，我们就编印着自己的油印诗刊《弥河水》。“说起你‘四害’火就窝，我脱下鞋底使劲剟！”贫管组长的句子自然得到王鑫老师的高度鼓吹，材料一报上去，全昌潍地区“三长”（宣传部长、文化局长、文化馆长）现场会在青崖头召开，还要把大街小巷都写上诗，把柴火垛、粪堆、垃圾都清理掉，还要当场赋诗——当时“文革”刚结束，“文革”遗风仍然存在——这可难为坏了我们大队书记，也当然难为坏了笔者本人。五年之后的1982年，《诗刊》让我参加他们的诗歌采风团，带队的编辑部主任杨金亭老师突然问：“我们当年在你山东临朐设了一个评刊点……”我说，那不就是我们生产大队吗，每期还要给我们寄两份《诗刊》——那时兴开门办刊——赶走了专家艺术家，各项舞台让工农兵占领，我署名社员，朝晖、延庆署名工人，作品就可以优先发表——荒谬的年代自然有荒谬的故事作为注脚，可那时，与那些畸形的概念化作者相比，因为有了我们所敬爱的郝老及上述长辈，我们路子没有走偏。在文艺春天还没到来的时候，我们就有了他们给打下的底子。现在回想，除了有对家乡的感恩，我还能说什么？

与诗友交往，获利最大的无疑是笔者本人了。多么怀念诗友聚会中对其各自作品的群起而攻之，一针见血，从不遮遮掩掩，这不仅使我当时获得砥砺，也在以后受益终生：无论做事还是做人，一条意见一条路，凡是当面给提意见的人，没有一个是害你的。有时，即便不中肯，也会给你思维指出另一条路径。诗友的切磋热烈简直让人怀恋，以我农民感情的现实要求，不能忘怀的还有延庆以身份之便给我等诗友批条子从他洗煤池挖的煤泥——那时，不仅锅里缺米，灶膛下也少柴——让我们在那物资紧缺的时代，享受了一回回特权的味道。而最不能忘怀的则是每年麦收诗友们的及时出现。——我们鼓吹多年的责任制终于实现，可于我个人本身说来，却是由衷地不适应。以前大集体大呼隆，所谓下地也不用操心。现在不同了，一分一厘一颗一粒都得自己亲为，由此，你也就知道我在责任制还没实现前就歌颂责任制，在责任制还没落实之际已写出一批对责任制实行后，一代农民又感失落又感惆怅的《六月雨》等一组诗。每当麦收来临，在我那一亩二分责任田里，我们的“互助组”又出现了，那是诗友振海、延庆率一群同党前来帮工，特别是1983年6月1日至6月10日，我去千岛湖参加《萌芽》笔会间，龙口夺粮，有他们在麦田里忙活，家父就不用犯愁，小孩就撒欢蹦跳，我就可以安心在那里修改我的诗稿了。城里人又是“公家人”的延庆估计多少年不摸镰刀了，振海在老家恐怕从小就压根儿没沾这种农活，在我的责任田里，他们全都干得到边到沿，风生水起……

“六月雨”七首，1983年9月号《萌芽》不仅予以集中刊发，还附了作者简介、创作谈什么的，并获当年《萌芽》创作奖。

今天当我写这篇小文的时候，不禁发现，我们当年梦寐以求的乡村的发展，远远超出了我们的想象，甚至，连我们乡村的样子也再寻不见了。

俱往矣，我的青葱、冒失、涩滞、拖泥带水而又热烈激荡的青春岁月呵!

作者简介

张中海，临朐县东城街道人，1954年11月出生。出身农民，曾任教十五年，专业创作五年，传媒从业二十年。著有诗集《现代田园诗》、《田园的忧郁》，短篇小说《青春墓志铭》、《一片光明》，纪实文学《强龙之舞》、《一位空战老兵的非凡人生》等作品多部（篇）。曾获1981年山东省首届文学奖、1983年度《萌芽》创作奖、1988年《光明日报》报告文学奖、1988年中国首届处女诗集大奖赛出版奖，1988届、2008届山东省泰山文艺奖等多种文学奖项。其作品及评介散见于20世纪80年代《诗刊》、《星星》、《人民文学》、《青年文学》、《文艺报》、《文学评论》、《人民日报》、《光明日报》、新加坡《海峡诗刊》等。第四届全国青年作家会议代表、中国作协会员、国家一级作家。

眷恋的乡情

张明志

每个人的心里都有一方萦怀的土地——那就是故乡。乡情如磁石，时时都会被吸引着，得意时想到它，失意时也会想到它，逢年过节都会想到它。我离开临朐的三十个春秋里，尽管风尘碌碌，但总是情不自禁地惦念那沂山林海、石门秋雨、龙湾冬雪。辽阔的空间，悠邈的时间，都不会使故乡情感褪色。

红叶依依

石门坊，是临朐县八景之一，也是我最熟悉的地方。我曾在石门山东麓的凤凰村抓点驻村很长时间，并且时常翻越石门山观赏石门坊。去年红叶正艳时，我的大儿子对我说："老爸，重阳节刚过几天，我想去趟石门坊，红叶我看过几次，可那里的景点我不清楚。你写过《春游石门坊》，就领我去看看景点吧！"于是，我随着儿子一家人到了石门坊。我领着儿子先观赏了两座和尚塔，给他讲了传说中逄公伯陵的故事。离开逄公庙东行，便是崇圣寺遗址，我告诉儿子，寺系唐代所建，寺东侧陡崖的“晚照”二字，系清康熙四年衣于帝书。我领儿子仰望了各尊佛像后，从崇圣寺折东向南，过仙人桥，经三元洞，在崖边路旁休息，观赏红叶覆盖的苍翠秀丽的峰峦。此时，我脑海中思绪悠悠，不觉想起了家乡首次举办红叶节的盛事。

家乡要像举办风筝会那样举办红叶节，一张红得像红叶一样的请柬飞到我的案头，传达着红叶对我的召唤。头一年红叶节是一个秋雨的日子。这天下午，我踏上了回乡路，一路秋风秋雨，寒意袭人，全没了那种悠然的感觉。红叶节开幕在晚上，家乡人节日的狂欢，那雨中绽放的高空礼花，竟使秋雨变成了霏霏细雨。这天晚上，县礼堂宾朋满座，节目精彩，兴味盎然。我走出礼堂回到宾馆，秋雨依然洒落，天空中似有千万条被揉碎的丝线，就像春雨那样缠绵。宾馆门前的几簇青竹，枝叶在雨中簌簌抖动，不时有一阵雨珠儿掉落，一层素馨飘零，如同一曲缥缈的弦乐。啊！明天的石门红叶还会浇上这缠绵的秋雨，给人们营造出一片湿润的美丽吗？我的思绪陡然间又回到了潍坊电视台成立后的第三年。

一天，文艺部的编导董清津到办公室找我，他说想拍一部电视音乐片，名字叫《相思红叶》，请我与家乡联系一下。一听要拍家乡的电视片，我满口答应，立即跟县委宣传部和文化局进行了联系。这部电视音乐片在县有关部门的积极配合下，在编剧范作军和导演及演员们的努力下，很快完成了摄录与制作。在审看这部片子时，我简直不敢想象，家乡的红叶竟有如此魅力，它成为海峡两岸同胞聚首团圆的一片吉祥的情叶。“红叶，红叶，你这故乡红色的雪，红就了多少爱的溪流、爱的山野。”石门坊的红叶是那么纯洁，因为海峡两岸有一对期待团圆的心，两个痴情种融进相思的季节里。这深情的红叶歌曲怎能不牵动海峡两岸同胞的心啊！看完了这部音乐片后，我感慨地在审片日记里写下这样一段话：“红叶一片引出相思债，一片痴情哟，怎能不海峡云开！还是祈盼两岸早日团圆，来年红叶时，再把风流卖！”就是这部电视音乐片，在当年山东省广播电视节目评比中获得一等奖。这也是潍坊电视台电视文艺片的第一个高奖，并且全赖红叶所赐。

雨还在不住地下，淅淅沥沥，凉雾迷离，我只得回房间就寝。一觉天明，晨曦跃上宾馆东方，竟是一个艳阳天。吃过早饭，我们驱车前往石门坊。我站在停车场放眼峡谷，被秋雨浇过的三面峰峦红得令人陶醉。我们开始爬山，山路上除了人声的喧闹外，雨后的山林是那样宁静。我拨开横陈路边黄栌树的枝丫，落到皮肤上的水珠儿凉凉的，是那样惬意。我小心翼翼地走进树丛中，想去亲近红叶。只见枝头上，或一丛丛一簇簇，或疏密或浓淡，一色的透红，有着一种令人心颤的、喜庆的美。越往深处去，枝与叶越发稠密，不时拂面擦身，留下一片水痕，留下一抹暗香。这些艳丽的红叶被秋雨浸润，挂满了晶莹的水珠儿，颗颗粒粒如散珠碎玉，悬坠欲滴。我又看到那些少许未红的红叶，就像那红面少女绽放着清纯的笑靥，深情地依偎在带有凉意的秋色中。我不忍心去用手触摸红叶了，生怕惊动一个美好的梦。

我望着满山红叶思绪万千时，大孙子晨晨拿着一枝红叶在我眼前晃了晃说："爷爷，你在想啥？"儿子拉了拉晨晨说："不要打扰爷爷，爷爷在想家……"儿子一句想家的话使我眼前模糊起来。经常看过红叶的我，这次回乡自己也说不清楚，只是隐隐地觉察到，融入灵魂中的乡情是一种无形的动力，能使人坚实地踏到家乡的土地上，品味着乡情的甘甜。我站起身来，拉着大孙子的手，再次走进黄栌树丛中，继续观赏红叶。这时，我才真正感受到了红叶依依不了情，既看到了万物的辉煌，又体味到了人生的有限，乡情的珍贵。

墨竹悠悠

临朐县被誉为"中国民间文化艺术之乡"，擅长书写与绘画的文化户功不可没。1992年春，我曾安排陈岗、费立荣两名记者拍摄宋淑德年过半百学画画的故事。这部电视片取名《大娘的画》，并且参加了全国社教电视片评比，获得"CCTV杯"一等奖。宋淑德因此登上了中央电视台《综艺大观》栏目的拍摄现场，向全国电视观众展示了临朐县文化艺术之乡的风采。最令我感慨的是，一家墨竹文化户伴随着我从业电视工作三十年，是缠缠绵绵的乡情维系着我们的友谊。

今年中秋节前夕，家住临朐县东城街道七贤店村的李学璋来到我家。他告诉我，他在北京租了一套一百九十平方米的房子，作为中国兰竹书画院的基地。他还说："北漂京华的临朐文化户能租住这么大房子的人不多。"我高兴地称赞说："临朐县作为中国文化艺术之乡，就是要你们这样的文化户给增光添彩，希望你更好地发展。"

结识李学璋三十多年，我对他最初的印象很简单，他就像其父李达源的“随从”，作画时取纸，墨浓了吸渍，完成后盖章；偶尔也见他画竹，比起他父亲的画作显得稚嫩许多。其父李达源六年前归天后，他立志承袭父亲的书画艺术，使自家的墨竹文化发扬光大。这让我想起了李学璋的父亲李达源。

李达源和我是同乡，两村相隔只有两公里路。在临朐县，李达源是远近闻名的书画大家，人们特别崇尚他的墨竹。在我的中学时代，李达源放弃了人民公社医院院长的公职，开始了他的艺术生涯。1984年我调到潍坊电视台工作时，李达源已在旅游、写生、卖字画中度过了二十多个春秋。这期间，身为长子的李学璋时常陪伴在李达源左右。1985年初夏的一天，李学璋陪着李达源来潍坊找我。当时，李达源虽显苍老，但精神饱满，说话依然倔强。我听到他的非农业户口仍没解决，十分同情地劝他说：“您的墨竹远近闻名，求者唯恐不得，您何不扬己之长，去扎下生活的根子呢！”他顺手将赠给我的“墨竹图”展开说：“我的腰就像这竹竿，弯不下来啊！”只见这幅画作，三竿墨竹，虚实相间，无根无梢，给人一种顶天立地的豪气之感。再看他那高超的行草，“虚怀有节性高洁”七个字映入眼帘。真是画如其人，字如其人。接着，李达源让儿子李学璋拿来一本墨竹挂历小样，一面展示，一面对我说：“这竹子虽没根，可它需要土壤啊！我如今想将这12幅墨竹印成挂历赚点钱。”我惊讶地望着他，简直是在重新认识他，不觉一拍大腿说：“对！就让钱成为墨竹的土壤吧。”当时我想，文人想赚钱似乎沾有铜臭味，可时下提倡发展文化产业，与经营联姻是文人们的出路。李达源能想到这件事，可谓开了临朐县文化户之先河。这年年底，李学璋给我送来了“李达源墨竹挂历”。同时，李达源多幅墨竹作品被《人民日报》副刊和《红旗》杂志封二采用。

从此以后，李学璋陪伴其父每年或一次或二三次来我家一叙。1990年夏末，天气特别炎热的一天，他们爷俩从北京来到潍坊找我。在办公室里，李达源将他新创作的一首诗和这首诗的四联草书赠送给我。他一面展示，一面读给我听：“扬州兴化郑可柔，七品七载宰潍州。岁寒犹栽笔下竹，年荒开仓济灾民。衙斋所谓风流案，成全一双美鹧鸪。官罢囊空扬州路，频年生计鬻丹青。清代艺坛四王横，扬州画派得怪名。迄今已过两百载，鹿死谁手已澄清。”读罢，他感慨地说：“这是凝结在我心中的心里话啊！”我望着他那深沉的面孔，心中无比感叹：达源、板桥，板桥、达源，画相通，字相近，性相投，心相连。李达源还自信地告诉我，如今生计不困难，首都和济南也有他的栖身之所，到处是朋友。

我在结识李达源过程中，特别关注李学璋，因为我看到了儿子承袭父之衣钵的执着。在李学璋的家里，儿子临摹父亲的墨竹图，一幅又一幅地挂满了墙。1982年，临朐县成立书画社，李学璋参加了书画社的工作。他一边在家观赏父亲的墨竹图，一边到书画社握笔画竹。他特别喜欢跟随父亲四处绘画，仔细观察父亲的书法和画竹技巧，逐渐心头豁然。1994年，潍坊电视台为庆祝十岁华诞举办画展活动，我邀请李达源前来作画。在电视台晚会演播大厅，我布置了画案，摆好了宣纸，准备了笔墨砚等。他看到这些后说：“潍坊电视台最早宣传我的墨竹挂历，我忘不了。我要画一幅好画，写一幅好字，祝贺你们台十岁生日。”他在说笑中开始画竹，李学璋在旁边仔细观看。我早就觉察到李学璋在绘画与书法上透着一股灵气，便对他说：“你也画几幅嘛！”他却说道：“我的画还拿不出门去呢！”李达源插话说：“这孩子跟着我也画也写，可怎么学也不像我。”我笑着说：“不像你就对了。青出于蓝而胜于蓝，就在各自的特色上，书画艺术更是这样的。”他也笑笑说：“师尊古源恰到好处，自成一体才有根基。”李达源说话间画笔始终没停，时而侧锋运笔，时而中锋提、按、钩、挫，笔于水墨中形成的画面，浓淡、虚实、强弱、刚柔，把竹竿的气势，竹叶的精神，淋漓尽致地展现出来。李达源即兴画竹，李学璋在观看中琢磨父亲的墨竹技法，也铺纸进行了临摹。李达源便在旁边看一会儿，不时地指点指点，竿竿墨竹也有了精气神。

李学璋不仅学习父亲画兰竹及书法技巧，而且还经常习学吴道子、郑板桥的书画艺术。他在传统水墨的基础上，巧妙运用泼墨沁水，并在把握浓淡中，创造出意境清新的作品，使人感受到既有美感又有趣味的画面。在墨竹绘画中，李学璋继承了父亲娴熟的墨为底蕴和墨趣技法。为更好地创造墨竹形象，他坚持以水为动力，沁水调水配合，努力做到了水引墨至，墨至形现，使艺术和意境有机结合，一幅幅墨竹图自然沁润，形成艺术和意境有机结合的奇妙而生动的欣赏情趣。1996年年初的一天，李学璋告诉我他将在济南军区举办个人画展，请我帮他联系一下山东电视台。我在祝贺他的同时，当即给山东电视台曾照明台长打了电话，求他帮助。曾台长也是一位画家，他听了我对李学璋的介绍，非常感兴趣，答应给予配合。李学璋的墨竹绘画在济南展出了，曾台长不仅亲自前往观赏，而且还在山东电视台作了专题报道。后来，山东电视台的《山东各地》栏目特别拍摄了专题片《墨竹送清风》，对李学璋的墨竹艺术进行了宣传。李达源看到儿子崭露头角，心中高兴。我们俩在交谈这件事时，我有点兴奋并口无遮拦地说："李老啊！小荷才露尖尖角，学璋正在大步赶超您呢！"李学璋急忙接上说："我还差得远，特别是书法方面。"李达源微笑着说："这孩子还有点自知之明。大家说我的字好于墨竹，学璋的墨竹虽有进步，却比他的字好得多。"我跟上说："姜还是老的辣，您一语中的，学璋是要在书法上下下功夫了。"

2008年，李达源因病与世长辞。此时，已经北漂京华的李学璋在悲痛中把自己封闭于画室，开始系统学习书法，勤奋地对"二王"、张旭、怀素、孙过庭等名家的书法加以临摹。次年，我们在潍坊相见，并且共同怀念了他的父亲。他还深沉地对我说："我必须集中精力突破书法弱的瓶颈，才能实现父亲的遗愿。我的儿子现在又陪伴我的左右，跟着我学习墨竹绘画。"真个是墨竹悠悠，代代相传。李学璋守着墨竹之灵习学书法，三年时间终有所成。如今他的书法作品有了不俗的展示，受到了一些书法名家的称赞。同时，他还创作了大量八尺、丈二、丈六等巨幅墨竹作品，在竹子的构图、竹叶的穿插变化中找到了新的美感。李学璋现在担任了中国兰竹书画研究院院长。他新近创作的"兰竹图"广受人们喜爱，一幅幅兰竹注意了完整性，先画兰，后画竹，最后画花蕊，然后加以书法题跋，整幅画面和谐美妙。我看着他赠给我的“兰竹图”，感慨万千，这既展现了生命传承的不息与伟大，又展示了民间文化艺术之乡的风貌与魅力。

根艺灿灿

今年清明节，我带着儿孙回乡祭祖。这天是七贤集，车慢慢前行，到了集南头的丁字路口，我看到一处奇特小摊：一堆树根和十几个盆景。我自己下车，并让儿子开出集头，以免影响交通。我走近摊主，是一位清秀老者。他看我关注这些盆景和树根，便说道：“这都是我自己做的盆景，你看着好就搬一盆，我少要钱。”我摆摆手说：“我回老家走走，见到你摊上这些东西很亲切，我想看看。”他像遇到知音一样，随即介绍说：“这是附石五针松，这是附石胭脂梅，这是附石寸竹，这是水石盆景……”他的介绍名副其实，雅致精巧的盆中，多姿的荆棵根依傍着清凌凌的池水，稀疏的梅花枝偎依着娇盈盈的巧石，矫健苍劲的青松装点着咫尺峻峰。再看那堆树根，有的看似雄鸡，有的却像头小鹿，有的略一造型倒像一只雄鹰……听了他的介绍，我诚恳地说：“谢谢先生。看到你这些盆景，我想起了三十年前在县武装部工作时的同事王京信，他自己制作盆景，也曾送给我盆景，他的根雕工艺也很棒。看到你这些东西，我满足了……”摊主怔了一会儿，马上微笑着说：“人情重怀土，你这是近乡情更怯呀！”

我回到车上寻思，这位摊主是一位有学识的盆景艺人，他一句话中说出了两个古诗中的句子。然而，就是这古诗句令时空倒转，引起了我的幽思。那是1993年的春天，我陪同全国电视记者“胶东行”采访团到临朐采访。这次电视采访规模较大，共分了十几个组，我带领的这一组由黑龙江电视台和河北电视台的记者组成，拍摄的内容是全国文化模范县的根雕艺术。临朐县民间文化艺术中的根雕作品灿若云锦，光彩耀眼。然而，根艺灿灿的起源却来自废柴堆和木材市场。当时，那些还称不上根雕艺术家的文化人，看到这些奇形怪状、叉七竖八的木柴被放进炉火中，觉得有点可惜，便以乱柴的低价买了下来，回到家里便琢磨开了：这个根叉有点像鹰，那个树桩有点像大象的头……于是用刀、斧、锤、锯、锉，创作出了供人欣赏的根雕作品来。

过去，家乡的根雕作者与我交往的不少，像王京信一样的许多人只想从雕刻中寻求乐趣，从未想到销售赚钱。我这次随记者团采访了离休干部李多默和农民尹兴礼后，真正看到了根艺的文化和经济价值。李多默年逾古稀，虽然手时常不自觉地抖动，说话也有些口吃似的气喘，但是行动却比较灵活而康健。他居住的一楼，简直是一个树根的世界：单元门口处有一大堆树桩，用塑料布盖着；活动间里摆着根雕花架；会客室除了沙发与茶几外，全是完成的根雕作品；桌子上还摆着动物系列根雕，有“黔驴技穷”、“牛头马面”等；墙上挂着“金猴捞月”、“金蛇狂舞”等；楼前小院除了花卉盆景外，全是成堆的根雕半成品，显然，小院是他根雕创作的场所。李多默的卧室里，除了老李的根雕作品外，还有他老伴的葫芦作品，大大小小的金色葫芦琳琅满目。

李多默很健谈，他告诉我们，为了购买这座单元房，1988年他卖掉了20多件根雕，得款7500元，单位领导没为他操心。这样，他年年卖几件根雕，老伴也卖几个葫芦，加上两人的退休金，生活很富足。李多默对着摄像机的话筒说："59岁离休那年，我的体重只有55公斤，热上根雕艺术后，整天跟树桩树根打交道，生活很充实，一下长了10公斤。如今比过去胖了，结实了。"临走时，李多默拿出报刊发表的根雕照片和获奖根雕证书给我们看，还拿出了来他家参观者的签字名录本让我们留言。我拿起笔想了想，毫不犹豫地写下了这样一句人们看来十分俗气的话："祝李老先生大发根艺财。"

李多默最钦佩的年轻人叫尹兴礼。他告诉我们，尹兴礼是临朐县发根艺财的真正代表。尹兴礼和妻子王凤英同搞根雕创作，是腰缠几十万元的文化户。夫妻俩在县城盖起了根雕大院，县文化局的同志领我们前往参观拍摄。在宽敞的、堆满树根的工作间里，尹兴礼告诉记者，他专门钻研根雕艺术整整15年，自己追求的艺术风格是：似乎自然，妙在天趣，以形传神，不露刀砍斧凿之痕迹。他的根雕作品有大的，也有小的，件件作品都给人以美的享受。尹兴礼的根艺精品约300件，件件如星光灿烂，其中150余件曾在中国美术馆、山东美术馆展出，其中《骏马图》、《团聚》、《盼春》、《东方巨龙》，在全国根艺展览中获大奖。他的根雕《神龟》，外宾出五万美元高价，他仍舍不得卖掉。现在，《神龟》为台湾曾腾霞女士收藏。他的根艺作品在海峡两岸搭起了友谊桥梁。尹兴礼还有一些根艺精品，被日本、美国、新加坡、泰国等国家的友人收藏。为了让根雕占据号称“东方瑞士”的宝贵市场，尹兴礼花了27万多元在青岛海云庵购买了一百平方米的展厅，从而使临朐的千年荆根、百年树桩有了新的展销窗口。我在和尹兴礼夫妇告别时，还是用了那句十分俗气的话：“祝你们大发根艺财！”

临朐山水异常秀丽。沂山、嵩山，气势雄伟，弥河、汶河，清透淡雅。这里植物、岩石种类繁多，是根雕艺术的发祥地。1995年，潍坊电视台主任播音员李愚要参加全国“金话筒奖”评比，我给她介绍了家乡的几家根艺文化户，让她前往现场采访。李愚现场主持那洒脱的形象，现场交流那掷地有声的语音，恰到好处地展现了临朐县文化户发根艺财的经济现象。家乡根艺灿灿的艺人推着李愚登上了“金话筒”的宝座，她也成为潍坊电视台首位获得全国电视节目主持人“金话筒奖”的播音员。

根雕艺术与我的结缘，在脑海中如同过电影那样挥之不去……车停下了我还没感觉，儿子推了我一下说：“老爸，林地到了。”我揉了揉太阳穴，似乎清醒了一些，便起身下车朝父母的坟地走去。我摆上供品，便围着坟头转了几圈，然后远眺起伏的山岭。过了一段时间，儿子点燃了烧纸，灰屑随风而起，漫在我的身边，飘到父母的坟头，乡土之梦又涌上我的心头。

绿色绵绵

去年年底的一天傍晚，几位老乡聚会，席间谈到临朐县荣膺“国家园林县城”称号，大家都交口称赞家乡的城市建设、生态文明建设有了长足发展。九点多钟，我回到家里，进门就觉一股香气扑鼻。没等我问原因，老伴指着门口那株顶着天花板的巴西铁说：“它又开花了，你闻闻，好香啊！”这株巴西铁我养了二十年，开花也有十多年。花枝二至三串，白色的花蕊紧紧依附在枝子上，有三四十厘米长，一到夜间便散发着香味，真个满屋香，老伴叫它夜来香。老伴看我喝了酒，便让我躺在床上醒醒酒，可我闻着花香思绪回到了家乡，想到了送我这株巴西铁的环美园艺场。

1993年6月的一天，我带着国际部记者孙效宇驱车前往临朐县环美园艺场采访，拍摄它是如何绵延绿色的。园艺场位于五井镇下五井村的一面山坡上，像一块绿宝石那样闪烁着绿色的光芒：百年以上的树桩盆景苍郁茂盛；各种怪石在绿色中展示风姿；集南北花卉于一园的奇花异草，一窨窨、一席席，在绿色的棚架下呈现着勃勃生机；一排排绿色苗木环绕四周，像是身着绿色军装的哨兵，挺拔俏丽。在这心旷神怡的绵绵绿色中，我们开始了采访与拍摄。原来，经营环美园艺场的是兄弟三人，老大王光明，老二王光华，老三王光山。他们三人分工合作，老大抓总，老二担任草皮研究所所长，老三担任环美园艺场场长。当时，兄弟三人看到像他们这样从事文化事业的人手中无钱，路子越走越窄。正巧，县里在乡镇文化站会议上提出“以文促经，以经养文”的发展思路，他们便挑头承包了一百亩山坡地，并雇用了60多人，正式成立了临朐县环美园艺场。兄弟三人在书画之外，经营起了古树桩盆景、彩灯喷泉、怪石假山、石刻雕塑、绿化苗木、草坪草种等项目。经过四年多的努力，园艺场终于形成了一定规模，固定资产达500万元，年纯收入50多万元。采访中，镇领导告诉我们，环美园艺场不仅吸纳了农村部分剩余劳动力，而且促进了山区的经济和文化建设。这使我们体味到，进入九十年代后，临朐贫穷的文化现象突然间改变了，全县1200多家文化专业户带着青山的神气，弥水的灵气，走上了富裕之路，使原本文明的文化越来越发达。

回到电视台后，我们巡看了拍摄的毛片，听了摄录的同期声，又看了采访的笔记，将这部专题片冠名为《乡野升起绿色的明珠》。它告诉观众，绿色绵绵的地方，也是生命最为旺盛的地方。这部片子送到中央电视台后，国际频道两次播放。后来，环渤海各家省市电视台也安排播放了这部电视片。过了一个多月，我随考察团赴东南亚访问，在泰国东芭乐园参观时，我想到了临朐环美园艺场。也许灵犀所致，就在同一天，王光山来潍坊找我，并送上了这株巴西铁。我回国后，妻子告诉我，王场长对中央电视台播出了他们的电视片表示感谢，希望你多去园艺场看看。妻子还带我到院子里看看那株巴西铁，它高约三十多厘米，只有筷子那么粗，叶子如玉米叶形状，很短小，栽在一个瓦盆里。我很在意与环美园艺场的友谊，更看重这绿色的乡情，所以精心培育这株巴西铁。仅仅二十年，它长成了三米高的花，有擀面杖那么粗，皮呈浅黄色，叶子比玉米叶子短不了多少，有着深绿光滑的颜色，特别是刚长出的叶子，绿得令人心醉，如果遇上花期，我们一家人便刻骨铭心地接受这圣洁芬芳的绿色乡情的洗礼。

作者简介

张明志，1944年出生于临朐县东城街道中寨村。1962年参军，1966年加入中国共产党，1985年任潍坊电视台副台长，1994年被聘为高级编辑。著述16部，共600多万字，其中专著《城市电视台》获山东省社会科学成果奖和世界学术贡献奖金奖；长篇小说《荧子》获中国作家世纪论坛评比一等奖。1992年入选山东省十佳编辑，1993年被潍坊市委、市政府评为专业技术拔尖人才，1997年被山东省委宣传部、山东省人事厅记二等功，2001年在全国广播电视理论工作者评选中获“百优”称号。

仰望东泰山

张爱良

故乡小亓村，像一颗宝珠，镶嵌在号为东泰山的沂山东北麓的山脚丫丫里。村南的汶河，银带闪烁，不懈地向东流淌，奔向渤海，融入浩瀚的太平洋。每次回到老家，我都独自漫步上河北岸的马脚岭巅，朝西南方伫立，目光溯河而上，仰望活水源头的沂山主峰玉皇顶：那犟立苍穹的头颅！这时候，我会强烈地含泪联想起一个心爱的人，一个一辈子扎根临朐沃土、走路喜欢避开众人走墙根的“鼠人”：我的文学启蒙老师郝湘榛。

一、吉人天相：炊事员遇到真老师

初识郝老师，是在1980年第四季度，缘于文学。

当时，我在恢复高考后考入昌潍地区商业学校烹饪专业学习两年，毕业分配在临朐县委二食堂做炊事员。业余趴在面案上，用草纸涂抹了一个短篇小说《汶水慢悠悠》、一篇散文《老师》，面呈在县计委工作的高中语文老师王玉亮斧正。他谦虚地说：“文学作品和作文差别大，我别误人子弟。我帮你找个专业作家指点，提高快。”他转给了县文联副主席、县文化馆馆长王鑫指正。王鑫老师叫我去县委院内西南角一楼办公室，也谦虚地对我说：“我不大写小说散文，你写的东西，我给县文化馆的作家郝湘榛了。这方面，他水平高，全省拔尖。”不久，我歇班回老家探望祖父母、父母亲归来，师傅老李老连老刘小马小曾等，都抢着高兴地说：“郝老师来找你了。”接着，说了许多他的奇闻轶事。李会计肯定说：“你爱读书写东西，这回是遇到真师了！”

我生性腼腆、拙于交际，也不知主动去文化馆寻觅拜见郝老师，就傻得只知呆呆地痴等。直等到有一天，郝老师提着个盛书刊的上面敞口人造革提兜再次步行找来，才圆了日想夜盼。以后，我就常去文化馆的平房单身宿舍，拜访郝老师，聆听教诲，交习作请批。每次他都诲人不倦，临走还推荐借给我些古今中外书刊阅读充电；碰到好的书尤其是刚翻译过来的外国优秀文学作品，他还买来赠我，扉页上写有他的读后心得；还介绍些中外名著书目让我从文化馆的图书室借阅。当时，王鑫老师的女儿负责借阅书刊，见我痴迷文学，又是郝老师开的书目，还得也快，破例允许我一次借阅2至3本。可能是不忍“枪毙习作”鼓励后生的意思吧，短篇小说《汶水慢悠悠》他提了三条书面意见，叫我修改后“寄给《山东文学》看看”；散文《老师》“有点韵味”，修改后在县里的油印文学刊物《临朐文艺》上，和王汝凯的一部中篇小说等一期发了。这是我平生第一次写的文字，变成了飘散墨香的“铅字”。

热心老师耳提面命，名著佳作开我眼界，我痛感文革“反潮流、交白卷”岁月荒废了那么多宝贵求学时间！工作之余我昼夜攻读练笔，每夜在案旁放一盆凉水，累了就洗把脸清醒一下再“战”。1982年秋，又临时加班昼夜复习课程考税务干部，竟至欲速不达积劳成疾，患上了急性黄疸型肝炎，被庸医误诊为斑疹伤寒，治得元气大伤，先后在县医院、冶源疗养院、职工医院卧床住院累计10个多月。期间，搬去南关租房居住的郝老师父女，不怕急性期传染常去陪床伺候、问寒问暖。以病为媒，加上师兄尹炳祥热心撮合，促成了我和郝老师次女的婚姻。原经媒人介绍、互有好感的几个“学历高、铁饭碗”靓女，都被病魔吓得远走高飞、杳如黄鹤了，只有她这个“貌陋体瘦只上过几年学的农村户口临时工”，善良愚痴得甘愿跟个病汉。

其实，我那病，是因为延误了治疗，当时验血有两个项目老是不达标，似乎成了慢性病，并无大碍，经专家王清图“去掉吊瓶、小针、中药和减少口服药”一月治愈后，遵其嘱“戒烟戒酒规律作息”32年，从未再犯。

四五年叫惯了“郝老师”，成了女婿，我一直难以改口。我的农村老家称呼父母亲、岳父母“爷娘”，城里人叫“爸妈”。在县城叫岳父母“爷娘”似乎太“土”，叫“爸妈”又和我多年称呼自己的父母“爷娘”不一致，很纠结、挺别扭。乍婚未改口，以后更憋不出来。幸亏儿女接踵而来，“姥姥姥爷”掩饰了我的尴尬。一日为师，终身为父。骨子里，我和岳父心灵相通，精神贵族式良师益友关系，似乎高于普通意义上的翁婿关系。终其一生，我没叫他“爸、爷”，向人介绍说“这是我岳父”，场合上用“老爷子”代替。幸亏妻子也不大习惯叫公公婆婆“爷娘”，我心稍安。

二、自嘲自赏：“只是肩膀以上比较富有”

1985年9月，我从白塔税务所考入山东广播电视大学，在临朐电大站脱产学习两年，因没校舍，在岳父租住的统建楼家中暂住了一年多；1989年11月，我调入暂没有职工宿舍的临朐县技工学校，又和老婆孩子在岳父家暂住了一小段时间。期间，我彻底地了解了岳父的生活窘境。

岳母没有工作没有收入是个小脚女人家务妇女，只有岳父自己的干巴工资，除去他俩的衣食住行用，还帮助支撑着农村长子家三个孙女孙子和次子家两个孙女孙子的学费和其他家用（受他“右派”的影响，他的“地富反坏右”子女在贫下中农推荐中都没大捞着上学，谋生能力差）。

没有别的办法，岳父靠的是口挪嘴省和对己苦行僧式的极端节俭：从来只买集市上商贩卖剩的论堆的廉价肉菜，图的是量多价低。他做白内障手术后需要换个晶体，也要个价格最低的，我考虑他看书多，出资做主买了个质高价高进口的。家中也不买什么家具，只有两张四腿悬空旧木床、一个三屉掉漆黑书桌、几把旧椅子、三个破旧书橱、一个小饭橱、一个小电视橱，我把结婚时的一个折叠圆桌给他当了饭桌。连个坐下歇歇的沙发都没有的物质条件之简陋，不是寒酸所能形容。他就这样安贫乐道：天天醉心读书、创作。就是在买书上，岳父不吝啬金钱，但也是权衡再三才下决心。他的床里侧、枕边、桌上、周围的橱里橱顶，全是书刊，自嘲自赏“勤修案头不修窝”、“只是肩膀以上比较富有”。尽管如此，来了山村文学青年，他却热情有加，比见了亲爷老子宝贝子女都亲，伺候茶水酒水饭菜，平常沉默寡言，这时实话真话行话，似汶河弥河般哗哗流淌，久谈不倦，天色晚了，就和他挤在单人床上通腿。

沂蒙山沟穷，过去围绕他的文学青年，大多都由爱好无法急功近利的文学，转走了从政从商的现实之路，大浪淘沙，剩下坚持纯文学的人很少很少，岳父常感叹失望：“唉——，官迷心窍，物欲横流，现在生活越来越好，倒越来越少为文学事业甘愿献身终生的了！说是爱好文学，一年，不阅读上百本书刊、不写出30万字，就不是爱好！是半心半意、虚情假意！”

这似乎也是批评我、要求我。我自感羞惭，无言以对，无地自容。

我也是个爱好文学的“文学混子”！和“勤修案头不修窝”的老师相比，我是太世俗平庸了！岂止平庸，简直混账：我竟在严师的眼皮底下，背叛初中起就爱好的文学，走上了炒股的歧路！

1992年4月，我考入潍坊日报社干编辑记者。因为老婆是农村户口，没有资格享受单位的福利分房，孩子也不能就近入学，要上借读的“高价”学；得等到中高级职称批下来、妻子孩子户口“农转非”，才能有资格解决迫在眉睫的住房上学问题。我才由会计序列转入编辑序列，单位人才济济，中高级职称名额有限，半路出家的我，也不知道得等到猴年马月！两头两层七个老人也需要赡养，迫切需要足够的钱！看到一个同学在相邻的早春园小区买了一套120平方米的商品房，1994年8月，我下决心捆扎起自己写了一大摞初稿的一部长篇小说《地土》，业余进入证券市场帮开户的老婆炒股（实际多是独断专行），希望靠炒股挣快钱买房养家，靠自己的力量实现“安居”再去“乐业”。

谁承想，这一念之“差”，谬之千里，竟使我业余爱好文学的命运大转向，使我吃尽苦头！

炒股，需要时刻关注国内外政经信息，需要研究各行业兴衰变化，需要预判企业的未来，需要熟练掌握各种技巧，需要天天披挂上阵和庄家肉搏，需要投入大量的时间和精力！上班捞不着，需要预设上买卖股票和价位，叫专职炒股的同学郑华海给帮忙“看着、下手”，有时就让妻子去盯盘。我沉湎其中，不能自拔。文学爱好，成了业余的业余。有感要发了，就开夜车急就短章。岳父曾说我：“要么三日打鱼二十天晒网，要么拼了命地写。”

还有不为人知、更要命的！

因过度融资炒股（不仅投入自己16岁出来工作、辛苦18年积攒的18000元血汗钱，所有能剩下的现发工资奖金也投入，还在牛市中途和顶峰借父母、兄长、姐妹及亲朋好友的几十万元炒股），盲目追涨杀跌，结果1994、1995、2001年一轮轮熊市下来，我三次在证券市场倾家荡产，“九死一生”，既赔上了全部积蓄，又赔上了宝贵的青春岁月，还欠下了似乎今生也难还完的一屁股债。此事深埋我心独木撑扛，从不敢告诉妻子儿女、父母祖父母岳父母等：唯恐他们担惊受怕是一，二是我已在屡败屡战中，用曾有的爱好文学疯狂，深入学习研究了世界顶级投资大师巴菲特、格雷厄姆、张龄松、曹仁超等的有关理论，如梦初醒，彻悟知道了“炒股必败、投资必胜”的简简单单“买好股常抱”道理，从近乎黑暗的熊市绝望中，预见到了未来牛市灿烂的曙光。

三、性格怪僻：始终挺立精神傲骨

岳父性格很特殊：不奢侈、不折腰、不求人，始终挺立着耿直固穷文人的精神傲骨。

作为一个建国前参加工作的老同志，又是省内外有影响的作家，还是县政协副主席，他却多年和妻子儿女及孙辈，挤住生活在县文联的两间48平方米的没有冷暖设备的北屋里，把盛杂物的一间小南屋当了家人卧室。寒冷的冬天，就靠一个煤炉取暖做饭。实在冻草鸡了，就把窗户上钉上塑料纸挡风遮寒，抽烟后，屋里烟雾熏人。我和家人朋友曾多次建议，让他找找有关领导反映一下实际情况，改善一下住房条件，主要是既利于身体健康又便于创作，他从来都是抽着烟，不说话，直摇头。当县委书记的青州老乡，知道他性格怪僻，周末独自骑自行车来找他喝茶拉呱，他提都不提自己的困难。

对自己这样苛刻，对家人亲戚也是如此“冷酷无情”。莫说他自己的影响能量，就是许多拜他为师的文学青年，这几十年也有许多走上了不同的领导岗位，能够解决些实际问题。可他从来不折腰媚贵低声下气求人，不给儿女孙辈亲戚解决什么工作生活等问题。我曾世俗地说他：“历史的原因，他们都陷在泥窝里难以自拔，稍微捎带拉他们一把，有个哪怕是合同工的固定工作，也就有个饭碗，家也稳定。”他说：“就不能惯上他们那么多毛病！人得长志气，靠自己努力。你不就是例子？从农场出伕、煤矿挖煤干起，考学、考干、考记者，一步步考出来。就是不能做一个光指望别人属依赖的人。这样的人就不能可怜！人要自立、自强！”

自成了他的女婿，这是我当面第一次听他夸我，就红了脸，不好再劝。

本心里，我也喜欢静静读书，尽量别求人。可是，现实总是赶缠人、逼人。这不，1995年，我一家搬来潍坊，没有在岳父母身边跑腿照料的亲属了，正好岳父次子的女儿中专毕业分配到了离县城最偏远的九山山沟。一个小闺女在山区乡镇当教师，举目无亲，也不好找对象。如果调到县城周围小学，一早一晚或周末，在他老俩身边照顾照顾（岳母一字不识，他又多病，身旁确实需要一个人，按规定他这样建国前参加工作的人，可以向组织申请，调一个亲属在身旁照顾），一举好几得，并且当时的县教育局长，就是他当年的爱好文学学生。我说了几次，岳父始终不表态，说急了就“嗡嗡嗡、嗯嗯嗯”含糊答应，过后就是不动弹不行动。当时的县教育局就和他住的那条胡同对门，抬脚过马路就到！他读书写作累了，常去局门口北面的修车地摊和师傅拉呱。拖了许久，他仍然没有动静。我看望他时，又慢慢缠他说他，他还是佛入定的老样子：坐在桌前，只抽烟，不说话，微微摇头。末了，把烟蒂往烟灰缸里一摁一拧，表态拒绝说："人要自立！自强！她要考上大本、考上清华北大，不就不用求人，就在大都市立住脚了？"事关照顾他老俩，我也急了，只得微微一笑，执气说："你不去我去！我不认识张局长，我去撞门去了！"

干记者多年，过去腼腆的我，不再怵场。我去了教育局。局长在二楼办公。站着自我介绍，对坐在靠西墙的沙发上，如实说明来意："给你添麻烦。能调入县城近了照顾老俩更好，有困难调入相邻的周边乡镇能一早一晚骑车上班也行。说了好几次了，老爷子就是高低不来找你。要是换别人，分配前就应该早早来打招呼了。"局长给我下茶后笑了："郝老师，就是那么个人。"答应一年见习期满后再说。之后，岳父的这个孙女恋爱出嫁，调动之事也就不了了之。

四、天遂人愿：无价之宝终得其所

2003年秋，岳父正在弥漫性肝癌晚期。因为从来不疼，他还照常喝酒，就是一天比一天疲劳、无力。住院确诊前，岳父有预感，在兴隆路的家里叮嘱我，把他积攒一生的书籍资料全部拉到潍坊我家来："我这家里，没有爱好文学的。"我直接拒绝说："这哪行？

这是你的宝贝、精神支柱。”在医院病重之际，看望他的外甥动员说服他：卖掉住房做岳母养老之资。卖房前，岳父再次提起此事，让我“拉走，全部拉走”。

我爱好文学，岳父那许多藏书在我眼里是无价之宝，可我掂量再三，说：“不行啊。我是女婿，这不合俗。再说，你有一大群孙子孙女，多数都是大学生中专生。还是留在你家合适。”怕岳父伤心，我又安慰他说：“现在网络发达，什么书，电脑都能下载的。”

岳父一言不发，没有再坚持催我拉，但看出他很失落、很失望。

我想乘他头脑还清醒，把他一生的作品归集归集，结结集，可能被病魔折磨得什么心情也没有了的缘故吧，他摇头再三，不同意出全集。我估计，他满意的作品已经结集出版《人之初》，可能很不满意自己在被错划“右派”后、“文革”中创作的改编成电影的《半边天》之类的政治味文字。

那时，我正挣扎在股票套牢的第三次资不抵债中：有天竟然凑不齐子女第二天一早就要交的600元学杂费，丢得儿子哭着去了学校。但我因为得“巴菲特之道”自信很强，也是安慰岳父的意思，我告诉病榻上的岳父说：“我已经掌握了投资必胜的买股秘诀。估计快则几年，我就会在下一轮的牛市上涨中，至少会解决经济问题。就是不知道，越来越手生，我的股市、农村题材那么好的两部长篇小说，还能不能写出来。”

岳父知道我是个不会撒谎、不会吹牛的人，大概以前也从我沉默的蛛丝马迹中，看出我在股市中吃了不少苦头，这回很放心地笑了笑，笑得很灿烂，提醒我说："股市风险很大。注意！不过，全国全民抓经济，社会发展快，股市过去的高点，一定会越过去！"

岳父一语成谶：2007年10月中旬，上海股市借股权分置改革特大利好，一举突破了2001年的2245高点，达到了疯狂的创纪录的6124多点。股市泡沫太严重了，不知道多少股民的血汗钱要打水漂。那周五，我忍不住，在《潍坊日报》第一次发表股评文章，提示众多初入市的股民，警惕6000点的"股市泡沫"和"价值回归"。

岳父去世前，两个儿子把他的书籍资料，装地瓜一样装入化肥袋子，拉去了青州高墓的农村老家。几年过去，众人借看散去很多，十分可惜。农村社区改造时，先扒老屋，没地方放了，当旧书卖了都觉可惜也不值钱，转了一圈，才拉到我家来。

我专门在书房定做了四个书橱、买了两个书橱，把我俩的书籍资料摆上。天天阅读岳父读过的画上了红线的书，经常梦见他，不禁泪水涟涟。岳父九泉之下，如果知道我靠研究投资证券，靠一路隐忍持有绩优股格力电器等十几年，安享了中国发展崛起的成果，彻底解决了困扰他和我等沂蒙山众人一生的、每天每时恼人的捉襟见肘的财务问题，具备基本居住生活条件能专心读书爱好文学了，他该是多么的高兴。本来，我是想投资成功，在我身边给父母儿女尤其是给心爱的岳父郝老师买套大一点的房子，冬暖夏凉，让他有个宽敞明亮的书房做他心爱的文学。可现在，他在哪儿悄悄地注视着俗世尘网里混天熬日的我？子欲孝而亲不待，痛哉！

五、盖棺论定："该达到的高度没达到"

一生不求人的岳父，垂危之际为"求人"大哭过一场。

当时，他已经知道自己不行了，他唯一放心不下的，就是如影随形跟他吃了一生苦头的老伴。他想把年老体弱的老伴，主要托付给在潍坊最后一批分到了一套福利房的我夫妇二人。我和妻子等亲属也早商量安排好了：以后让岳母在城里我家为主，生日、过年、八月十五回条件稍差的老家待会子，和亲戚邻居见见面。妻子去陪床，他父女俩把话说两叉里去了，一个安排老伴，一个认为是说不善谋生的二哥，对话分道扬镳南辕北辙："她怎么办？""他回老家。""老家不行啊，条件太差了。""不回老家他上哪？就叫他回老家！""你家里是人多，可北面阳台不是有个夹把道？她住那儿就行。""那，爱良没答应他去。我得回去和他再好好商量商量。够呛！爱良说他回老家较好。"听到这，岳父误认为我按沂蒙山农村女不养老习惯不接岳母，竟然老泪纵横顺着两道纵沟往下流，不顾病房人多，出声嚎哭了起来。因发自心底，样子很绝望悲痛。我妻子一辈子没见他哭过，吓坏了，细想才明白，两人说两叉里去了，忙问："你说谁？""说你娘啊。""我还认为你说俺二哥。你放心，俺娘我俩接下了，晴晴上学我俩也想法供到她大学毕业。"岳父这才陡然不哭了。"俺二哥不会谋生，我俩还没打算好怎么办好。他有儿有女身体健康，上潍坊靠我俩住成块，总觉不大合适。""他属依赖的。赖着谁黏糊上就不撇了。甭管他！叫他自立”

岳父最希望的，就是人人自强自立。见谁不同流俗好学上进，他就喜欢；见谁好走关系拜门子吃巧食，他就嗤之以鼻。

心爱的岳父郝老师，2003年秋“享福去了”。他留给我们的，不仅仅是一篇篇文学精品，更重要的，是他耿直磊落、特立独行的为人处世精神！凡和他打过交道的人，都知道他厚德载物的沉甸甸分量。人们用各种方式，表达着对他的哀思，表达着对中华民族传统道德的崇敬。

2012年中秋节前夕，我去潍坊市文化局创作室，拜访临朐籍作家王汝凯老师。对桌倾谈中，王老师叹惜：“郝老，一辈子钟情文学事业，不管顺境逆境，痴情不改。可是，命运文运不济啊。二十来岁就出版了《王家湾》、《一个家庭的变化》、《方向》等三个小说单行本，刚刚成为小荷才露尖尖角的青年作家，就因为响应鸣放号召，说了几句大实话被打成“右派”，一下子抠去了22年。20世纪70年代末平反后，写的《人之初》、《腰杆儿》、《山妮告状》等先后被《小说月报》、《通俗文学选刊》等转载。正当他向文学顶峰冲刺的时候，又遇到了大女儿大女婿带子女正月乘车出门出了车祸（大女儿大女婿和其儿子亡故，剩下一女晴晴成为孤儿）。天老爷都不睁眼啊。白发人送黑发人，这场打击和早年的坎坷经历，加上劳累过度、抽烟思考、酽茶提神、喝酒解闷、饮食低劣、愤世妒俗等，严重影响了他的身体健康，气管炎、糖尿病、白内障、胆结石、肝癌等七八种疾病结队前来，病魔折磨之下，他说‘常感疲劳精力不济’，晚年把主要时间精力，全扑在培养文学新人上了。现在哪个作家还这么热心肠？75岁了，他还雄心不减，抱病开始创作反映文革荒唐岁月的长篇小说《天国梦》，可惜只写了近5万字，就遗憾地搁笔走了。不然，这部作品，肯定是部标志他文学顶峰的扛鼎之作。”说罢叹罢，王老师起身从北墙书橱里，拿出一摞收藏多年的岳父晚年创作的一个电影文学剧本《鼠人》的底稿：“这份打印稿，当时让我‘提意见’的，我保存9年了。没搬上银幕，在《潍坊新作选》发表吧，以志纪念。”

我如获至宝，回来复印了3份，自留1份，送给了借国庆假期探寻岳父人生轨迹的两位作家——济南的马金刚、潍坊的马道远各一份。捧读岳父没有拍成电影以后改成了中篇小说发在《大家》上的《鼠人》原稿，看着上面一处处他的改动笔迹，那熟悉的钢笔字，又一次次勾起了我对岳父的深情怀念。生前，岳父曾对我惋惜地自己评价自己的文学造就说：“该达到的高度没达到。”

是的，岳父本来是能够攀登上文学的青藏高原甚至登顶珠穆朗玛峰的，可惜人生漫漫种种阻隔，他只是登上了文学上类似山东丘陵的沂蒙山、泰山之巅。可是，在做人上，他却耸立起一座很多人难以超越的道德高峰。众多的文学朋友，至今常来人来电慰问92岁高龄的岳母，寄托对他的思念；或者结伴专程去高墓岭坡他的坟茔前凭吊，唏嘘流连。

我最大的遗憾，就是当了个“文学混子”，说是爱好文学，却不能为文学事业献身，总是被家累所逼，不愿在却一直在世俗的尘网中庸庸碌碌混日子，至今都过天命之年了，在小说方面还老大无成，辜负了郝老师的殷切期望。若他健在，有严师监督，我或不是现在的我，或者我能像他那样为社会、为众人多做点贡献。缅怀恩师，愧对其生前谆谆教导。自此发奋，或者不晚？老师75岁不是还老骥伏枥创作长篇小说吗？故乡不是有“沂山晚翠接云端”、“骈邑石门晚照残”的著名景点吗？

遥想东泰山，游子泪潸潸！故人恩典重，寸草多羞惭。唯愿勉励自己，今后莫虚度光阴，多做些有意义的事，以回报生我者父母、养我者家乡、教我者师长！

作者简介

张爱良，1960年1月生于临朐县蒋峪镇小亓村，16岁高中毕业后，先后辗转临朐的蒋峪、五井、县城、大关、白塔从事农场、煤矿、饮食、税务、教育等工作。1992年考入潍坊日报社干编辑记者至今（其中，1978年考入昌潍商校、1985年考入山东电大、1996年录入山东省委党校学习），业余爱好文学和研究证券，数十篇散文、报告文学、言论、通讯等作品曾在全国、华东、山东省各种评选中获奖。

女儿的乡情

张晓鹤

没想到，2014年的国庆节假期，女儿在同爸爸回老家与同妈妈去云南旅游的抉择中，选择了回老家。

在回家的路上，我问她，为什么选择回老家而不是去云南旅游。女儿说，这个时候出去旅游，就是看人，没什么意思，回老家，可以看看奶奶，还可以清静地上上网，再说老家的几个景点也还是蛮不错的。

对于出生在济南的女儿，故乡的感觉往往是一种概念，故土、乡谊、往事等等与乡情有关的情感体验她都没有。在她看来，故乡，也就是我们常对她说的老家，就是爷爷奶奶。她对回老家的情感选择依据年龄的变化经历了向往、抗拒、主动三个阶段。每个阶段的回老家对女儿来说就是一次非常实用的功利主义选择。

在她3岁—6岁的那一阶段，女儿是十分向往回到老家的。每到节假日，总是催促我们带她回老家。因为那个时候，老家对她来说，是个好玩的地方。

老家离县城不远，隔着一条弥河，村子东面是山地，西面还有一大片树林。在老家，她可以让爷爷带着她去山坡上捉蚂蚱，挖野菜，还可以到西面的弥河里捉鱼，戏水；小树林里还有那么多的虫子让她尽情地逗玩。山野、溪流、树林，对于这个年龄的孩子该有多么大的吸引力啊。

再有，村子里有很多和她一般大的孩子，回去的次数多了，也就都熟悉了。那个时候，她们的共同语言还是蛮多的，可以和他们尽兴地玩耍。当时的乡村，也包括县城，物质生活跟省城比还有一段不小的差距，每次回家，孩子的妈妈都要带上很多县城不多见的零食、玩具，女儿可以把这些东西分享给小朋友们，得到他们一致的拥趸，小小的虚荣心得到极大的满足。

那时候，孩子在故乡得到的是城市无法获得的童年快乐，一个城市的孩子拥有了大自然的美好与清新。

等到孩子上了小学以后，她渐渐地不愿意回老家了。

每次放假要回老家征询她的意见，不是同学约好了去看电影，就是要上补习课，总是找理由不想回去。我很纳闷，找个机会和她聊了聊，她说了几条理由，一是，老家的山没了，全是在建的厂房，弥河的水太脏了，没法玩，小树林也砍了，盖满了房子；二是，老家的孩子太土，连QQ都没有，没有共同语言；最后很重要的一条，没有宽带，不能上网，很无聊。

我无言以对。当时老家正在发展的高峰期，后面的山坡地全部盖成各种工厂，村子前面的环城公路在修，尘土飞扬，村子还没有通网络，不能上网。失去了乡野的乐趣，没有了伙伴的同乐，信息时代的连接还未实现，孩子的选择是必然的。当然，我无法给她说，这是发展过程必然的代价，我们的家乡不可能老是停留在种地瓜、收烟叶的农耕状态，城市化、工业化的进程带来的短暂阵痛是家乡的亲人和孩子都必须承受的。

孩子六年级的时候，她又突然不抗拒回老家了。我很清楚其中变化的原因。

高速路修到了家门口。

原来回老家都是先到青州下高速，再走国道，孩子晕车，很烦路途上的颠簸。现在高速路直接到临朐，下了高速路一转弯，就到了老家的村口，让孩子很是自豪。

老家这几年由于经济的发展，村镇的变化很大。村子里的路全部铺成柏油的，也都装上了路灯，村子里的超市东西很齐全，往外走不远的小区里更有大型的超市，和济南的大超市没什么区别，孩子想买的东西很轻易地就可以买到。村子里多数人家也都装上了宽带，可以上网，有的人家甚至装了无线WiFi，孩子用手机就可以和同学交流沟通。村子里同龄孩子也都和她一样看湖南卫视的《快乐大本营》，看《天天向上》，也都熟悉超女和快男。他们在一起有更多的话题可谈。每次回去，都有一大批儿时的朋友来看她，让女儿很兴奋。

村口有公交车，可到县城的任何地方，她有时候都自己坐公交车到县城的书店买完书自己坐车回来，有了和在济南一样方便的感觉。

那些曾经让她厌恶的工厂，现在容纳了村子里大多数还可以工作的乡亲，甚至连60多岁的二爷爷也去给工厂做门卫了。经济的富足，村子里的日常生活也都和城市生活相差不大，独立的卫生间，自来水，暖气……孩子在这里感受不到来到农村后生活有什么大变化，没有不适应感。

2013年国庆节，我动员孩子邀请了她的几个好朋友和他们的父母一起驾车回临朐度假。

一行人下了高速进入县城的道路，两侧的绿化带那么宽，孩子们都说比济南的经十路还要漂亮。弥河水，清了，波光粼粼，两岸的景观带，沿河而建的现代化小区，让孩子们和他们的父母直说不相信这是沂蒙山区的县城。石门坊的红叶，沂山的瀑布，老龙湾的溪水，石头市场的奇石，博物馆的化石，孩子们一路惊叹，一路雀跃，女儿还不时地解说一下，俨然一个地导。这一次的旅程让孩子对老家的感受更加好，尤其是她的朋友对临朐的夸奖让她备受鼓舞。以后的日子里，孩子不时地要求回老家看看爷爷奶奶。

回老家成为女儿的主动选择。

对于他们来说，新奇和惊叹是直观的，而对于我这个生于斯长于斯的临朐人，内心的感受更为强烈，家乡变化的一点一滴都直接触动内心的情感：落后时的着急，发展中的失落，兴盛时的自豪，对未来的期盼。

虽然说，故乡不管美与丑，我都必须热爱着它，但是，家乡的发展与强大，会更强烈地引发游子对他的归属感，不仅仅是我，就是这些祖籍临朐的后代人，也是如此的情感。

老家要盖楼了，就在村子的南边。女儿说，再回老家就可以住楼房了，她会经常地回来看看。

作者简介

张晓鹤，临朐县东城街道人，1968年出生。毕业于山东师范大学，硕士研究生，目前供职于山东广播电视台，主任记者。

遇见临朐

侯东合

上大学离临朐，毕业后当记者。行万里路，读万卷书，识万种人。虽不能经常回家，但故乡牢记心中。在路上，在书里，在人中，常不经意遇见临朐，心中温暖。汇而记之。

刚到北京上大学，未上课先军训。坐绿皮专列，到山西临汾，驻扎于63集团军某师乡村营地。条件艰苦，训练严格，排长尤不苟言笑。一日，排长忽和颜悦色到宿舍，说师部来人找我。原来，师运输科张乃军，是临朐老乡，从花名册看到我是临朐人，虽不相识，专门到连里看我。令我心中一暖。时20世纪80年代末，无手机，无微信，甚至无电话号码，军训一月离开临汾，即与张大哥失联。63军后来被裁撤。不知张大哥现在何方？

1990年亚运会前，从北京至济南，在山东电视台实习，遇见新闻前辈尹祥吉老师，临朐人。常问寒问暖，关心备至。还去尹老师家吃过饭，一起出过差。至今想起，心中仍然温暖。

1992年，自北京至辽宁，下基层锻炼。彼时经济不如今日发达，罐头尚是宴席标配。离开沈阳前，在辽宁广播电视塔顶吃饭，竟看见许多临朐产山楂罐头。二百米高空，看见临朐，心中温暖。

读《史记》。第一篇《五帝本纪》，写人文始祖黄帝："东至于海，登丸山，及岱宗。"丸山即今日临朐柳山镇之吉山。读之，心中一暖。

读《水经注》。作者郦道元写："巨洋水自朱虚北入临朐县，熏冶泉水注之。……水色澄明，而清冷特异，渊无潜石，浅镂沙文，中有古坛，参差相对，后人微加功饰，以为嬉游之处。南北邃岸凌空，疏木交合。"多美的景色！这是写临朐，写冶源，写老龙湾。读之，心中温暖。

1999年，在中东当记者，缺中文书。从使馆图书室借得古龙武侠小说《彩环曲》。小说开头："浓云如墨，蛰雷鸣然。暴雨前的狂风，吹得漫山遍野的草木，簌簌作响，虽还是盛夏，但这沂山山麓的郊野，此刻却有如晚秋般萧索。"看古龙在宝岛台湾这样臆想沂山，不禁哑然失笑，同时心中一暖。那天，想起万里之外的临朐。

独在中东当记者，难免想家。一日，坐在海边，想起海那边就是中国，就是家乡。不禁乡愁大发，写下如下文字：讲阿拉伯语的月亮，听不懂中国孩子的忧伤。想妈妈的时候，就拿出中国地图，任目光和思绪，漂洋过海，顺着胶济铁路回家。有点像诗吧？

每至雍和宫，必想起临朐一中。因为在这两个地方我必定会转向。在雍和宫，总把北二环看成西二环。在临朐一中，总把南门看成东门。一中那些偷窥过我们青春的青砖平房教室还在否？

每至南锣鼓巷，必想起朐山。因这里炒豆胡同有清军将领僧格林沁故居。而咸丰年间，捻军曾将僧格林沁围困于临朐朐山。不过，后来他突围了。

忘了哪一年，去地坛。忘了在哪个殿，看见临朐东镇沂山牌位。令人心中一暖。

带孩子去北京自然博物馆。很多化石下都写着来自临朐山旺。观之，心中温暖。此馆可做孩子故乡意识教育基地也。

爷爷的二弟，即俺二爷爷，年少时投笔从戎，参加八路军，抗日战争、解放战争一路南下，最后扎根于四川成都。2008年5月，在四川报道汶川地震。前几天忙，未能拜访在成都生根发芽的叔叔姑姑们。5月19日深夜，自北川县城采访归来，大叔到住地来看我。这天晚上，正好有消息说，成都地区可能会有大余震，当地人都在户外过夜。于是，当晚，就和叔叔、姑姑、弟弟、妹妹们在车里坐了一夜。几位临朐一代、二代、三代，聊成都，说家乡，几乎一夜未睡。

2010年，在深圳直播大运会。深夜直播完回酒店，高中班主任梁志斌老师的公子梁卓忽然出现。原来，小梁从微博上知我到了深圳，专程从正在工作的珠海开车来看我。看见梁卓，听着乡音，心中一暖。上高中时，他还穿开裆裤呢。如今这小子都有孩子了，梁老师也升级为爷爷了。

互联网时代，常从网络看临朐电视台《天南地北临朐人》、《发现临朐》、《新闻女生》、《临朐百姓剧》，这些节目质量好，贴近生活实际，拿到全国都是一流。每当工作中累了，烦了，看到这样的节目，就想，在老家工作的同学们能用心把节目做得这么好，我有什么理由偷懒？

高铁开通，出差青岛常坐高铁。无论去与回，列车每经青州，常有异样感觉。因为青州向南是临朐的方向、家乡的方向。有多少个寒假暑假、春节中秋节，临朐游子们都是从这里起航、返航啊。这里留下了多少临朐孩子的青春记忆啊。

故乡是每一个游子的基因。任何技术都转换不了，任何风吹雨打都改变不了。

我爱临朐。

作者简介

侯东合，临朐县沂山风景区人。中央人民广播电台中国之声副总监，高级编辑。毕业于中国人民大学新闻系。曾任中国国际广播电台驻中东记者。著有《西方不痛快》（合著）等。

故乡随笔

胡文君

平日里朋友聊天，说起故乡的变化，似乎她的好她的美总也说不完，可是真要来仔细描写时，提笔半天，却不知从何处开始。可能就如鲁迅先生《故乡》中所写的：我的故乡好得多了，但要我记起她的美丽，说出她的佳处来，却又没有影像，没有言辞了。

故乡在潍坊西南部，那是一个多山的地方。三面环山犹如一个巨大的簸箕围住中心的那一片肥沃的平原，那就是我故乡的所在——临朐县。

小的时候，每年里只有过年过节才有机会跟母亲到县城的商场里逛逛看看，觉得县城可真是豪华漂亮，有楼房商场、有小汽车，还有铺了水泥的地面。那时候的目标就是考到县城里上学，然后留在县城。只是后来，有了更好的机会，可以到更远更大的地方去读书。每次都要先在泥沙路上颠簸三个小时，因为晕车吐个死去活来，才能到达学校。这才慢慢认识到，故乡再也不是儿时心目中那么美丽而富饶的地方。她只有一条泥沙路通往外面的世界，她的商场装潢老旧，白日里没有熙攘往来的人群，夜晚没有五彩闪烁的霓虹。

最初接触到外面的世界，热切地希望能融入繁华的城市中。再后来，毕业工作，回故乡的次数越来越少，每次回去也都是来也匆匆，去也匆匆，对故乡的变化来不及细细体会。但随着年龄增长、岁月的历练，却经常有了许多对家乡的感慨：这边羊汤的味道一点都赶不上我老家那边的味道；这个时节，该是石门坊红叶最美的时候；老家人真是厚道实在，等等。

这么多年，故乡一直在变。过去，从潍坊回到老家要在泥沙路上颠簸三个小时，现在在平稳开阔的一级公路上乘车只需一个小时便可到家。过去，县城里只有一个百货大楼，现在各类商场遍地开花。我知道从前又旧又小的汽车站已经拆迁，我知道朐山公园整修得风景如画，我知道新的铝型材集散市场已经建成。故乡就如同一个少年，他在快速生长，每次回去，都会给你不一样的惊喜。我很遗憾不能亲身参与到改变故乡陪伴故乡成长的行列中，可是我也很庆幸，能够见证故乡一点一点变强变大变美。

我的老家是一个叫月庄的村子，这几年因为樱桃种植而名声大噪。虽说早年的时候村里也有种樱桃，但是因为樱桃素有“十年九不收”、“樱桃好吃树难栽”的说法，种植的并不多。1992年月庄村与北方果树苗木繁育场联盟，栽植了17亩大樱桃。后来村里几位种植能手潜心钻研，几经绝产终于从中总结出经验教训，解决了大棚樱桃的种植难题。2002年全村几乎所有土地都种植了大樱桃。种植面积上去了产量也多了，大棚樱桃又保证了质量，于是月庄村的大樱桃也就越来越出名，各地往来客商也就多了，到后来月庄村发展成为临朐大樱桃的集散地。我曾多次前往月庄村樱桃市场看买卖樱桃，那场面至今记忆犹新。凌晨不到一点钟，各村果农们开着三轮车拉着精挑细选了一夜的樱桃前往市场。时间不长，长长的一条街上，被各地赶来的果农挤满，到远处只能看到那挂在车头的点点星光，叫卖声、讨价还价声不绝于耳。从全国各地而来的商贩穿行其中，选购樱桃。家乡人厚道实在，童叟无欺，买卖公平，赢得了各地客商好评。月庄村大樱桃的响亮品牌带动了周边大片地区对大樱桃种植的热情。现在临朐大樱桃种植面积已达到4.5万亩，年产量达4000万公斤，收入近10亿元，成为县里的特色产业、支柱产业。2013年，“临朐大樱桃”更是成功注册为中国国家地理标志。

若说从住与行上对比，变化可以用翻天覆地来形容。小时候一家子好几口人挤在几间又矮又小的泥坯房里，几个兄弟姐妹挤在一张大床上，窗户下仅有的那一点空间，放了一张小桌子成了几个孩子的书桌。家里的家具修修补补凑合用，屋里乱七八糟，好像马上要搬家一样，那时的心愿就是有一个自己独立的小房间。改革开放后，经济开始发展，家里条件渐渐好起来，泥土房子换成了瓦房，村子周围一栋栋楼房拔地而起。小的时候想都想不到的事，现在看来却很是平常。过去，整个县城也没有几辆轿车，现在月庄村几乎家家有汽车。就像求学时每次颠簸在去潍坊的路上，吐到昏天暗地时，我便想只要把路填平就好，连水泥路都不敢奢求，现在，若是想念家乡的小吃，开车一小时就能回到临朐，满足自己的胃口。交通，曾经是临朐的一块硬伤，路不通，便无法与外界更好地联系，家里好的东西出不去，外面好的东西进不来。这大大制约了临朐早些年的经济发展。近年来，临朐大力发展完善交通道路建设，整修完善了临朐到潍坊的公路，扩建环城一圈的交通主干线，高速公路也修到家门口，曾经颠簸三个小时才能到家的噩梦，如今早已成为往事。

家乡的景象经过这些年的规划治理开始越变越好，越来越美，也越来越有名气。两年前，在济南做画廊的一位朋友在一位画家的强烈推荐下，组织一批画家专门到沂山取景写生。于是借着朋友相聚的机会，多年后又重游沂山。第一次去沂山是高中时候，跟着家住沂山的同学一起跑到沂山上玩，因时间太久关系许多事情已记不太清。只是隐约还记得那时上山时弯曲的小路，东镇庙里几间破落的屋子，在冬日枯黄的景致下更显破败。现在的沂山，已成为现今为止潍坊唯一一家5A级景区。重新修缮扩建后的东镇庙建筑造型优美，五步一楼十步一阁，仿佛置身于古时东镇庙最兴盛时期。朋友就住在紧挨景区的星级宾馆里，出门看景，晚上再到边上的农家乐吃点特色野味，生活十分滋润。朋友乐滋滋地跟我夸，这次来得值，住得好吃得好景还美。后来朋友回到济南，为这次写生专门举办了一次画展。听朋友说，画展反响不错，沂山优美的景色让不少参观画展的人大饱眼福，也为他们带来了经济效益，乐得朋友直夸临朐是福地。

临朐自古以来就是有名的“书画之乡”，传统文化在临朐保留完善并不断发展。自十八大以来，党中央大力倡导精神文明建设，积极推进“中国梦·文化梦”，中国优秀的传统文化越来越受到重视。临朐更是借着东风，全力打造“临朐梦”，领导干部注重以文化人、以德治县，利用传统文化打造社会主义核心价值观，使优秀传统文化成为社会和谐的润滑剂、经济发展的助推器，取得了良好的效果。前不久刚刚在临朐石门坊举行的“山东乡村旅游节”、“十七届红叶文化节”，都是在大力倡导节俭办会的同时，更注重与临朐特色传统特色文化的融合，“以乡村特色、以红叶特色为媒，文化唱戏”，为群众提供了一场文化的饕餮盛宴。

这些年故乡经济发展一日千里，交通网四通八达，被评为全国文化模范县，成为著名的“小戏之乡”、“书画之乡”、“奇石之乡”。故乡变化太多、太大，但永远不变的是我对家乡的深深祝福，愿家乡变得更富、更美、更和谐！

作者简介

胡文君，1964年1月生于临朐县城关街道月庄村。1983年毕业于昌潍师专政史系，现就职于中共潍坊市委宣传部，教授。多年从事理论宣传教育研究工作，在国家级报刊发表文章30余篇，主持潍坊市文化产业、学习型党组织建设、乡村治理现代化、社会主义核心价值观等方面的省级课题研究，被评为全省理论教育先进工作者和全省宣讲先进个人。

水调歌头

读《临朐历代吟咏》

骈　煜

悠悠文化史，帝王名流游。诗者二百余位，颂赋六百首。咏遍景致风光，昊然誉满神州，诗词曲皆有。文化之乡称，历史渊博幽。

昔贤人，名士多，当今秀。书画有蕴，济济辈出童与叟。人杰地灵不负，物华天宝尽有，史册尽其收。骈邑虽不大，名在寰宇流。

作者简介

刘冬，笔名骈煜，男，临朐县人。1991年起供职大众日报社。先后在大众日报文艺部、总编室、政教编辑室，大众网、齐鲁晚报、生活日报从事新闻采编、经营管理工作至今。

难忘悠悠故乡情

赵明亮

故乡临朐，钟灵毓秀，物阜民丰，文化久远，风俗挚醇。远游京都，长心系家乡。每回家乡，总流连忘返。家乡的山美，家乡的水秀，家乡的人亲。在家乡的每一天，总是被温暖包裹着，如同母亲的怀抱。喜闻家乡征文，便不揣粗陋，翻检出几行拙句，奉上，聊表寸心。

老龙湾

混沌一开成冶源，潜龙吐涎汇名泉。
灵水铸剑赛龙渊，热桥溶雪比春烟。
一湾似沸冬偏暖，四岸如荫夏尚寒。
山人曾叹即江南，旧室至今立水边。

玉皇顶

海右奇峰欲探天，巍然千仞第一观。
阴时戴笠晴如碧，朝日染霞夕照残。
周人砌石曾观海，元僧怀幽送赞言。
何时登顶问玉皇，神仙几曾胜人间？

沂　山

十朝封禅鲁中仙，五镇作首随泰山。
钟灵之地非轻许，旧勒长碑御笔传。

故乡辞岁

声声鞭炮辞旧载，灿灿礼花共梅开。
岑黛依稀存残白，新春正自踏雪来。

故乡除夕

堂上侄孙含糖笑，炉边长嫂煮水饺。
弟兄把酒话闲事，隔窗春絮纷纷飘。

作者简介

赵明亮，临朐县城关街道衡里炉村人，毕业于山东大学中文系。现为新华社高级编辑、参考新闻编辑部主编。

童年记忆——树

高文庆

桑

在那几棵树中，那棵桑树是最苍老的了，虽然年龄不一定最大。它就在大门前左侧的土台上。长得并不高，躯干中间已经空洞，只剩下朝东南的一根枝干，但枝叶还算茂密，叶子又大又厚又绿。每年春天，爷爷都搭梯子上去，砍下一大捆枝叶喂蚕。

我们经常爬上爬下，看它的枝叶一天天长大，看藏在叶子后面的葚子由小到大，由白变红而黑。实际上桑葚长大长黑的极少，早就被我们无数次地搜寻过，少有漏网者。我们往它的树洞里填石子、土块，从上边的洞口投进去，从下边的洞口掉出来；或是往里灌水，从上边灌进去，从下边流出来；或是在下边的洞口点燃一把柴火，青烟从上边的洞口冒出来。

不知为什么，我们总是欺负它的老弱。

那棵老桑树是什么时候失去的，已记不清了，是自己倒下的，还是被人砍掉的，抑或是被我们折磨死的？

杏

老家的院里有一棵杏树，麦子成熟的时候，满树的杏也变成蜡黄，如果是丰年，树枝被一串串的果实压弯了。每当此时，小伙伴最爱来找我玩，在树下转来转去，久久不愿离开。而这时，奶奶一下子就看穿了孩儿们的心思，也不说什么，微笑着拿起根杆儿向杏儿密集的枝头敲两下，于是杏儿噼里啪啦滚落一地。小伙伴们一拥而上，每人抢三两个，滋滋有声、津津有味地大吃起来。

杏儿熟透的时候，麦子也上了场，父亲们忙着在地里收割，母亲们就在麦场里忙活。奶奶去麦场前，先摘一筐杏，挑熟的、好的提到麦场里，让大家“尝鲜”。

杏树也有耍脾气的时候，赶上小年结果很少。记得最少的一年只结了三五个，特别大特别酸，咬一口，牙酸倒了三天。

以后，我们搬离了那个院子。二叔家重新安排院子时，把那棵杏树砍了。除了结果，它的树干弯弯扭扭，做不了别的材料。所以，在南墙根放了很久，再以后，可能劈了烧掉了吧。

榆

那棵高大的榆树，在大门外左边。我认识它的时候，就很高了，不管我怎么仰头，也看不到它的上面。枝叶团密，躯干粗直，直插云天。春天发芽之前，先挂满一串串榆钱，榆钱褪后，是嫩绿的榆叶。

在那些食不饱腹的日子里，每遇青黄不接、无米下炊时，母亲就把梯子搭在树上，攀上去捋些榆钱。过些日子，再上去捋榆叶。我那时候还太小，别的忙帮不上，只能在下面给母亲扶着梯子，仰头看她在树上忙活。她有时一边捋榆钱，一边哼一些曲子。我一句也听不懂，更不懂的是她在树上高高兴兴的样子，唱出的曲子却那么悲婉。她有时折一枝榆钱扔下来，我在下面接住，一把一把地摘下来按在嘴里，狼吞虎咽，甜丝丝的，那感觉现在也忘不了。母亲用榆钱做的菜团子，用榆叶做的小豆腐，真是记忆中的人间美味，以后再也没吃到过。

榆树上面有一窝鹊，清早和黄昏总是叫个不停，它们在树上生活了好多年。

现在再也没有那么高大的榆树了，母亲也去世三十多年了。

作者简介

高文庆，现任潍坊市社科联党组书记、主席。临朐县冶源镇人。曲阜师范大学中文系毕业。曾任中学教师，县委办公室秘书、副主任，县委副秘书长、研究室主任，县市区委常委、宣传部长、组织部长，潍坊高新区管委会副主任。

归乡口占（二首）

高文庆

春回山村

杨圆柳细春风剪，杏白桃红丝雨沾。
一夜檐滴湿花梦，早起带侄放纸鸢。

秋游石门

蓦然回首夕照中，霜叶染浓嶂几重。
他日枝褪峰谷静，再寻峙阶拣飘红。

桃花溪水情未了

高立基

夏日，站立长青岭，向东北方向望去，映入眼帘的是那翠绿的河套和蜿蜒流淌着的长青河水。长青河发源于东北方的牛山，河水拐了几个弯，从正东偏南方向流入这相对平缓的河套。变温顺了的河水，在河套间友好地与南来的潺潺溪水握手言欢，一起唱着欢快的歌儿流向弥河。

自南而来的溪水，逶迤蛇行于陡峭幽深的峡谷中。它东靠桃花山，西傍长青岭。溪水并不长，从源头到河套总共也就三公里左右。桃花山在当地颇有名气，据说《水浒传》曾写过。因此，人们便自然地称呼靠山的溪水为桃花溪水。

长青岭东北坡末端突然下陷，左右两道小山梁却依然向前延伸，形成了一处宛若太师椅式的小盆地。我父母的墓地就坐落在这里。

父母亲轻松自如地躺在这“太师椅”上，悠然自得地观赏着美不胜收的河套景色，全神贯注地倾听着近在咫尺的桃花溪水弹出的琴弦般的优美音乐。

这悦耳的声音不断地撩拨着父亲的神经。父亲的一生过得太苦、太累、太险。如今，改变生活方式后，他静心地和母亲一起思考着人世间经历的喜怒哀乐、酸甜苦辣，过滤那些与桃花溪水有关的画面。

一

二十世纪三十年代，兵荒马乱，食不果腹。被逼无奈之下，祖父高传禄变卖了家中所有值钱的东西，领着子孙大小十几口人去“闯关东”。

祖母张氏死活不愿离开故土。祖父安排父亲高学友陪祖母守家。

祖父七子，父居中，行四。祖父认为，父亲虽年轻，但心胸宽广，为人厚道，处事稳重，足以支撑家庭。

日子依然要过。熬过了“年关”，眨眼就是“清明”。“清明‘秫黍’谷雨‘谷’”。春播的节令到了，家里却没有种子下地。祖母和父亲商量，用仅有的当饭吃的那点鲜地瓜来换种粮。

为这事，父亲差点搭上性命。

桃花溪水的源头前有一座小山包，山路崎岖。右面山岩，左临沟壑。这天晌午，赶完集市的父亲背着粮种大步流星地往家走。刚踏上这段路没几步，被两个壮汉拦截。

“撂下东西，走人！”

“路遇强盗，不好。”父亲心下暗想。

父亲那年不到二十岁，正是血气方刚的年龄。他身强力壮，又学过三拳两脚，岂能束手就擒！

“让路！”话音未落，父亲的肩膀已经把挡路的那个胖子扛了个趔趄。

旁边的瘦子看到同伴吃亏，举起匕首刺向父亲。

父亲急中生智，抓住秤杆，抡起秤砣自卫。

秤砣将匕首砸飞。

瘦子大喊：“开枪！”

胖子将手枪对准了父亲。

父亲见胖子欲开枪，猛转身与之拼命。当他身体重心转移时，轮转着的秤钩扎进了他自己的后背，鲜血顿时涌流进鞋底。

胖子扣动扳机，子弹卡壳。

人到了生死关头力气大得出奇。父亲忍着钻心的疼痛，一个饿狼扑食，夺过手枪，将其远掷沟崖。两人扭打在一起，双双滚落桃花溪源头。

瘦子悄悄地背走了父亲的种粮袋。

桃花溪源头的清泉从悬崖岩石的裂缝中滋滋地流淌出来，落到崖下，发出叮咚叮咚的响声；崖间悬挂着的几蓬野山榆的枝条儿刚刚吐出鹅蛋黄，在春风中摇曳摆动；崖根的桃树花儿已经凋谢，正憋着劲儿吐发嫩芽；崖下的小水湾四周显得特别松软，长出了一片鲜绿的小草。

此时，那片嫩草被遍体鳞伤的父亲压在了身下。他半边身子浸在水里，几乎占了小水湾的三分之一。他肩膀下伤口淌出的鲜血把小水湾都染红了。

冰澈的泉水，清新的空气，温暖的阳光把父亲从迷蒙中唤醒。

“你命大啊。”胖子狡黠地对父亲丢出一句话。

刚刚爬起来的胖子也是灰头土脸。他的衣裳被父亲的血迹溅成斑斓状。

“你们伤天害理，会遭报应的。”父亲愤怒地瞪了他一眼。

胖子一瘸一拐地去寻他的手枪去了。

父亲跌跌撞撞地爬出了深沟。

失血过多的父亲陷入了极度虚弱的状态。赶集回来的村人把他搀扶回了家。

转眼近半个世纪，父亲来潍坊看望孙子。隔辈人亲呐。我儿子高迎伟陪他老人家到东大院的行署浴池洗澡，发现了他后背肩膀下的疤痕。这时，父亲才对孙子讲出了这段故事。

二

父亲遭遇的另一次血光之灾发生在桃花溪尾。

早年间，我的家乡长沟村岭阔沟深，交通闭塞。村民去外村走的是从地堰的青草中踩出的羊肠小道。辎重官兵是无法进村的。

可是，那年夏末的一天下午，竟然有一支二鬼子骑兵闯进了村子。那时，人们管日本兵叫小鬼子，管伪军叫二鬼子。村里人把他们比作豺狼野兽。一听见动静，年轻人就跑得无影无踪。父亲为照料生病的祖母，跑得晚了一步，被二鬼子抓去当了向导。

这支骑兵队伍逼着父亲给他们领路。

站在村东被青纱帐覆盖的长青岭，一个二鬼子指着牛山告诉父亲："就领我们到那里去！"

去牛山，得先从长青岭的黄崖头下到河套，再涉过长青河水，攀上对面蒋家河的大崖头。黄崖头是桃花溪水流出峡谷进入河套汇流的喇叭口。从黄崖头下到河套的小路就开在喇叭口上，上下垂直高度有四五十米，小路的斜坡大约也在四五十度。

连日的阴雨天使长青岭到处都在渗清水。雨丝仍在淅淅沥沥地飘着，黄崖头的小路变成了泥泞的水溜子。父亲小心翼翼地领着他们往下走，只下去了几匹马，路滑得没法再走了。父亲又领他们转左边的地堰，也是只下去了几匹马。

二鬼子让父亲再找新路。向左是悬崖峭壁，父亲只能逆桃花溪水上行，看喇叭口以内的台子地有无可行的地堰。可是这些地方都太陡，若平时单人还勉强能走，雨天路滑，再加上还有马，根本不可能下得来。

父亲站在一块地堰突起处正仰头观察，听到好像有人在喊。他摘下头戴的苇笠向旁边一举，想听个清楚。

"向导要逃跑了！"随着一声大喊，"砰！""砰！"接着就是两声枪响。

父亲举着的苇笠上被击穿了两个洞孔，摔进了桃花溪水。

他裹着蓑衣顺势滚进草丛中。

顿时，狂风大作。乌黑的云团眨眼间翻腾到黄崖头之下的河套间，贴着地皮打着滚儿向桃花溪峡谷猛窜。整个天空突然变得漆黑。

“轰隆隆！”老天发怒了。

伴随着一道长长的闪电，紧接着便是又一声炸雷。

沉重的大雨点和着风旋，拧成鞭子从空中抽打下来。它抽打着桃花山，抽打着长青岭，抽打着二鬼子的马队和趴在桃花溪草丛中的父亲。

雨越下越大，像瓢泼，像倾泻，像打开了天河的闸门。

暴风雨压得人们喘不动气，浓云雾遮住了人们的视线。

这场突如其来的暴风雨其实是上天给父亲特派的保护神！

父亲机警地扒开溪边的芦苇，抓着崖畔的荆条，涉过浑浊的河水，逆流狂奔而去。

暴风雨使桃花山和长青岭的沟岔突然间形成了无数挂瀑布。洪水簇拥着浑黄的泥沙冲将下来。

溪水陡然上涨，而且不停地上涨。

桃花溪水发怒了！

洪水漫过了溪边的小径，抿倒了两侧田地中正在抽穗的谷子和开始结荚的大豆。

洪水像奔腾不羁的万匹野马，从拥挤的峡谷向宽阔的河套冲撞而去！

打着漩儿的浪头不停地翻滚起伏，被洪水淹没的芦苇梢时隐时现，大柳树的丫杈上挂满了山草、麦茬和被山洪冲刷出的鲜嫩的玉米棵、地瓜秧。

长青河套变成了一片汪洋。

二鬼子的马队过不了河，当天晚上返回村中。他们吃喝喧嚣，搜刮民脂民膏，把小山村折腾了个底朝天。

二鬼子回村，独缺了被抓的向导。村里人有一种不祥的感觉。

祖母深更半夜睡不着觉，就向住在我家的小马倌打探虚实。小马倌说，他们连长朝向导开过枪，向导的苇笠随溪水冲了下去。他只看到了这些。

父亲生死未卜，恐怕凶多吉少。祖母哭成了泪人儿："都是让我连累的。儿子呀，你在哪里呢？"

父亲就躲在桃花溪中段我家的那块舌腰地悬崖半腰的土洞里。这里离村子远，父亲挖这个洞是为种地时躲雨用的。洞口四周长满了灌木蒿草，不了解地形的人从旁边走过也发现不了，很是安全。

父亲藏在洞里，耳听着时大时小的风雨声，面对着汹涌澎湃的桃花溪水，度过了一个难眠的夜晚。

让祖母大为惊喜的是，第二天上午，雨过天晴。二鬼子前脚刚离开村子，父亲就神不知鬼不觉地回到了家中。邻居们赶来看望，有的说父亲是"福大命大造化大"；有的发出感叹，"过了这道鬼门关，一生不愁吃和穿"；有的更宽慰祖母："子女有福老人托，你就等着过舒坦日子吧！"

祖母终于破涕为笑。

两次遇险都逢凶化吉，父亲对桃花溪水充满了无限的感激。他说，是桃花溪水在庇佑自己。

三

桃花溪水不仅见证父亲悲愤的情怀和辛酸的泪水，桃花溪水还更多地赐予父亲以温馨欢乐和愉悦。

解放前，溪西边高台上那块土质肥沃的舌腰地，是我家的粮食囤。父亲常年在这里劳作，和桃花溪水结下了深厚的情谊。

开春耕种，微风拂面，休憩时他爬上溪边的山崖挖苦菜，拔荠菜，糊口度日；掀石板，捉山蝎，卖药换钱。

夏收夏管，烈日炎炎，紧张劳作之余他会在堰坎边摘两捆豆角，到溪边捉几只螃蟹、采几把薄荷和野菜带回家中，既做就菜又消暑清口。

三秋大忙，挥汗如雨，他出工时带上装满米汤的瓷罐，干渴时在溪边柳荫下的天然石块上席地而坐开口痛饮，看鸟儿在树枝上嬉戏打闹婉转鸣啼，任顺沟风吹干湿漉漉的衣衫，感受那无限的惬意。回家时他再用瓷罐装上活鱼鲜虾改善生活。

隆冬腊月，冰天雪地，溪边的树墩头和杨柳树枯枝成为他打柴的“猎物”。他劈树墩、打干枝，艰难地在没膝的深雪里将干树枝背上崖坡，再搬运回家。久而久之，家中的柴草垛越来越大，不仅做饭烧柴无忧，祖母居住的茅屋取暖也有了保证。

父亲有心事时，也会向桃花溪水诉说，或站立舌腰地，面朝桃花山大吼几声，排泄郁闷。

桃花溪还是父亲培养教育子女的课堂。幼时，父亲带我到桃花溪玩耍，打柳条，拔三棱草。启发我自己动手，领悟织蓑衣，学习编笊篱、筐篮，掌握自我生存的技艺和能力，为人生奠定坚实根基。至今，我虽年已花甲，仍记忆犹新。

当然，父亲也尽自己的所能回报桃花溪水。集体化和公社化后，他利用自己多年当生产队长的权利，带领社员们在桃花溪边整修梯田，植树造林，绿化环境，挖掘污泥，疏浚溪道，使桃花溪旧貌换新颜，景致大改观。

“福兮祸所伏。”桃花溪水几十年来见证的多是父亲的利好，可谓“福如东海水长流”。孰料一次小小的意外，却导致了他的去世。

改革开放十年后，家中的日子已变得较为富裕，年逾七十的父亲蛮可以享清福了。可他闲不住，偏要到桃花溪的台子地刨棘棵。毕竟年龄不饶人，因用力过猛，大脑一时缺氧，他突然昏倒在山坡上。惊吓导致他患上了糖尿病，后来又并发其他病症。经多方医治，无力回天，父亲在一九九一年走完了人世间的七十四个年头，终于撒手人寰。九年后，母亲马玉贞驾鹤追他而去。这使我深有感触，人的生命是顽强的，也是脆弱的。

遵循遗愿，我们把父母的骨灰葬于桃花溪畔，让他们与心心相印而又惺惺相惜的桃花溪水朝夕相处，共享天伦。

作者简介

高立基，临朐县东城街道长沟村人，潍坊日报社高级记者，兼任新华通讯社特约通讯员、中共潍坊市委党校教授。1968年参加工作，历任中学教师，县、社专职通讯报道员；山东人民广播电台编辑，潍坊记者站站长；潍坊市广播电视局副局长，潍坊日报社副总编辑等职务。荣获潍坊市专业技术拔尖人才、山东省“十佳新闻记者”、全国“党报群工优秀工作者（社长、总编）”等荣誉称号。著有散文集《播撒真情》等专著10部。

忆江南（外二首）

骈邑美

高立基

骈邑古，人迹巨洋岸。母系氏族出朱封，洞猿遗迹现九山。秦汉碑刻晚。

骈邑雄，要塞穆陵关。四河给力黄渤海，长城盘踞沂峰巅。东镇帝封禅。

骈邑美，城郭山水间。高楼似剑插苍穹，明湖如镜映蓝天。十里华灯闪。

骈邑飞，春萌战马酣。特色农业惊四海，招商引资五洲叹。满园鲜花绽。

沂山行

玉皇开绿灯，仙女沂山行。
接待天使团，圣母腾行宫。

百花绽笑脸，双崮把礼敬。
塔尖星光闪，网络联太空。

徜徉齐长城，林海听涛声。
苍松蔽日月，银杏映彩虹。

本草八百种，古寺觅参踪。
云雾群芳泽，恩惠众苍生。

清泉极顶涌，百丈瀑布鸣。
天池生四河，黄渤一脉通。

东镇碑林宏，记载五千冬。
御碑十六幢，帝王亲祭封。

盛世东安雄，成就国家旌。
佳音绕神州，游客织长龙。

众神赞奇胜，嫦娥语点睛。

人间观仙山，景致胜天庭。

春游巨洋湖

腰斩弥河造巨洋，群山倒影变画廊。

嫩柳摇曳迎宾客，游船点点湖水汤。

黄龙沟——我的母亲河

高玉琦

黄龙沟是我老家田村集村北的一条河流，发源地无从知晓，大约是西山某地，由几条支流汇聚而成。小时候顺河上溯，最远也就到小杨善、吕家楼，已觉很远，以后也没有逆水而上过。只觉得水是从很远的地方流来的。下游流经卢家庄子、田村集、王家楼、水磨、三里庄子至弥河。黄龙沟名称由何而来，无明确文字记载，大约是每逢雨季，山洪爆发，蜿蜒下泄，水浑，如蛟龙状，故得名。也有称黄连沟者，应是语误。

黄龙沟到底流淌了多少年？前些年在靠近卢家庄子河北岸砖窑取土时，发现了两米多深的灰坑，并有原始陶器、石器出土，由此可以推断，至少在龙山文化时期已有先民生活在两岸了。

黄龙沟流经田村集的一段，曾有石桥三座，曰黄龙，曰广宁，曰小桥。小桥在我儿时已只剩下几块石板，后消失。唯广宁桥（也称大桥）完好，桥由厚青石板搭成，桥头有状如壁虎的石兽浮雕，应是镇水兽。桥南原有石碑一幢，碑名为“重修桥记”。由此推断，此桥之前还有一桥，应是黄龙桥，此桥年代久远。桥两端曾是交通要道。桥南十几里处曾有广宁城。听老人讲，常有骆驼队从此经过，这应该是晚清或民国的事了。石碑详细记录了重修桥的缘由，并镌刻了捐款者的名字等，此碑屡遭损毁，后竟被无知的村干部磨平做了田村集的村名碑。幸有村里的小学校长孙学孟抄录了碑文，使碑的信息存留，而碑体已经荡然无踪了。桥西南角有石马一尊，小时候曾与母亲在石马背上洗过衣服，但石马大部分沉在地下，从未曾窥其全貌。传说，此马原在南关某地，因偷吃了人家的麦苗，被砍了头，马身跑到了这里。这是一个离奇的传说。石马后来与桥一同沉入了地下。

每年夏季发大水是黄龙沟的一大景观。记得小时候，每到雨季，大雨滂沱，那时的大雨俗称担三绳子雨，即像绳子一样粗的水流从天上浇下来，形容雨势的猛烈。一旦有这样的大雨，河水顿时暴涨，因大水从西山而来，习惯称“发山水”。大水如万马奔腾，浊浪汹涌，顺着弯弯曲曲的河道，如黄龙摇头摆尾状，东泻弥河。往往不等雨停，村里的男女老少就涌到岸边看大水。记得水最大时，站在岸边伸手就能摸到，大水裹挟着从上游冲下来的树木、方瓜、吊瓜、地瓜等，忽隐忽现，顺流东下。胆大且水性好的青壮年们便纵身跳入水中捞取这些舶来之物。待到雨停，大水渐渐退去，我们小孩子才敢下水。这时，桥面渐渐地显露出来，我和同龄的一群孩子，脱得溜光，站在大桥上，用指头堵着鼻子，纵身跳入激流中，顺水漂去，直到很远的下游，抓着草爬上岸，跑回到大桥再跳……我的水性也就是这样练出来的。那时的游泳姿势很多，打砰砰，扎猛子，仰泳，深水里跳包子等，潜水的本领也了得。大桥的下游不远处有个热湾子，因上游水浅，经太阳晒后流到湾里，水温较高，故称热湾子，深水处有3米左右。再下游有个凉湾子，因湾北岸有个很大的泉眼，常年喷涌，水凉且神秘，不适合游泳。唯热湾子是戏水的最佳去处，许多游泳的故事多发生在这里。有一次大水刚过，我在湾的下游抓着岸边的草打砰砰，一股激流涌来，被冲向深水，大哥正在湾里玩抓人的游戏，发现我被水冲走，爬上岸跑过来救我，此时我已被冲到岸边，被大哥提上了岸，灌了一肚子河水，这是一次河中遇险的经历。因为此湾的地理位置好，邻近几个村里的孩子经常为争夺游泳权而发生“开火”。一旦发现另村的孩子先占了湾子，便向里扔石头，湾里的孩子便光着屁股作鸟兽散，有时候连衣服也会成为对方的战利品。待对方下了水，一些愣头青大男孩便组织反攻，有时候会一直追到对方的家门口，甚至有打破头的现象发生。我那时尚小，只能跟着后面瞎起哄。小时候对黄龙沟的迷恋简直到了痴迷的程度，开春三四月，水稍不凉时就试着下水，一直到秋后水凉得刺骨时才作罢，几乎整个热天都在河里，皮肤晒得黝黑，还经常因下河受到父母的责罚。可以说，我就是在黄龙沟里泡大的。

晴日，是大桥上最热闹的时候，孩子们在桥边戏水，姑娘媳妇们在青石板上洗衣服，有节奏的棒槌声此起彼伏，欢声笑语一片，清澈的河水哗哗地从桥下穿过，水中的鲢子鱼逆水上游，清晰可数。偶有野鸭飞过，戛然长鸣。白云悠悠，清风拂面，杨柳依依，蝉鸣阵阵。

此情此景，为黄龙沟绝佳画图。

黄龙沟又是一条鱼类丰富的河流。在我的记忆中，除没见过鳜鱼外，河中几乎生存着所有的淡水鱼类。鲤鱼最大的有十几斤，鲫鱼最多时一群竟有上百条，鲢鱼有花鲢和白鲢，嘎鱼的刺扎人又疼又痒。其它水族类如大虾、小虾、毛蟹、石蟹、河蚌、鳖等数不胜数。我曾见过七八只鳖同时在岸边晒盖，见人，同时跃入水中，蔚为大观。还见过水獭在深水处出没。我曾试图用多种方法抓鱼，无非是用大头针、缝衣针做成鱼钩，折一棉槐条子做鱼竿，烟杆子线做钓绳，蜘蛛作钓饵，也只能钓些小鱼罢了。唯独有一次，竟钓上一条三斤多重的鲶鱼，遂悟到了放长线钓大鱼的道理。还用鱼叉抓到过一条大鳝鱼。总之，那时渔具奇缺，大多时候只能望鱼兴叹。为此，曾学会了织网，但因网线不足，也未能如愿。记得那时候我是不太爱学习的，经常逃学，一般都是因为河的引诱，或用弹弓打知了，或上树掏鸟窝，更多的是泡在河岸摸螃蟹，有时候会摸到类似水蛇的东西，惊跳上岸，神色稍安，复下水。久之，将一条河道背得烂熟。偶遇一打鱼人，便不舍，饭不吃，水不喝，跟随终日，乐此不疲。

大水过后，是摸螃蟹的最佳时刻，因螃蟹从上游冲下来，洞掏得不深，很容易摸到。我大哥就是摸螃蟹的高手，一个下午竟能摸一铁桶，都是螯上长了一朵黄毛的大毛螃蟹，与现在看到的大闸蟹无二。但那时没觉得有多好吃。

黄龙沟的衰落大约从二十世纪六十年代初。那时沿河各村都在河上建坝，造水轮泵，遂使鱼类无法回游。河道也逐年淤塞，雨水也似乎逐年减少。地下水的过度开采，河边的泉眼也没有了，水流逐年减少，黄龙沟由此渐渐地失去了生机。

一九七四年的一个秋后，我到河边洗手，看到河床里长满了水草，我顺手一捋，一群小虾惊散，暗喜，我把此消息告诉了我大哥，于是我们准备了扒网子，十几天的时间，竟捕到了几百斤虾米，这也许是黄龙沟的最后馈赠了。

我一九七六年离开老家，到外地工作，后来又到济南上学、工作。几十年过去了，但总忘不了给了我无尽灵感的黄龙沟。每次回老家必到河道里转悠转悠，那熟悉的河床，游泳的热湾子，曾抓到过鱼的地方……大桥已沉没地下，物非人非，不免伤怀。

黄龙沟的失去，有自然的原因，更多是人为的结果。这条流淌了几千年甚至上万年的河流，从没有人为地改造过她，所以一直川流不息，生机勃勃。但当人类过多地强加给她功能时，她终于枯竭了，自然之过？人之过？

我曾经不止一次地梦想过黄龙沟的复活。因为小时候听老人讲，黄龙沟里的水一部分是从海子河里流过来的。海子河原本是老龙湾的一条支流，似乎是从小杨善流入黄龙沟。我梦想海子河的水重新注入河道。而海子河哪去了呢？也曾想把大桥从地下挖出，将这一名胜古迹重现，谈何容易。近几十年，河两岸的许多养殖户随意往河道里倾倒垃圾，乱排污水，河道已脏乱不堪，昔日风景如画的黄龙沟已成为垃圾场和臭水沟。母亲河在无声哭泣，我也曾梦想再有往年的大雨和昔日的洪水，将河道冲洗，还河道以清净，但大雨不再，大水也永不复现了，奈何。

近年来，家乡发生了很大的变化，县城周边面貌一新，日新月异。王家楼到弥河段的河道已进行了彻底治理，开发成了公园，令人欣喜。虽不是旧日风貌，但也是新颜了。只不知上游是否有好的规划，黄龙沟是否再有新生呢，切切。

黄龙沟，远逝的母亲河。我心依旧，我情依旧。

作者简介

高玉琦，字子卿、天石，临朐县田村集人。大写意花鸟画家，曾就职于临朐县文化馆，后考入山东艺术学院美术系，受教于单应桂、朱铭、吕品、张彦青、曹昌武、李百钧、梁文博、王力克、王晓辉诸先生。毕业后到山东画报工作，先后任美术编辑、记者。钟情于大写意花鸟画，几十年如一日，孜孜以求，有幸拜大写意大家崔子范为师，深受先生教益，被业内称为崔派大写意花鸟的最好继承者与发扬者。

印象老家

高金国

一

几年前，下了场雪，一老乡从QQ上给我发了张照片。我一看，嗯，不错，挺美的。老乡问：这哪儿？猜猜。

我瞪大了眼睛，仔细看：有山有水有塔，湖边高楼大厦，水中倒影渺渺，马路整洁流畅……既有大城市的气质，又有宜人的风景。是杭州？宝塔有点像雷峰塔，湖却不像西湖。山城重庆？重庆去得少，没有太多的印象，也拿不准。何况，图片还是雪景，南方也没那么旺盛的雪啊！

猜了半天，都被老乡否定。最后，他默默说道（屏幕那头，大概是一脸郁闷而又自得的样子）：这是，你老家。

然后，严肃地说：你该回家看看了。

我说：常回去，就是没想到你拍照片的地方，变化那么大。

二

人有时候很奇怪，有些东西，在你的“显意识”中无法表达，但在“潜意识”中，却充分流露，比如通过梦境。

离开家乡将近二十年了，我能够清晰记住的梦境，几乎有三分之一——如果不是一半以上的话——是发生在那座距离老龙湾只有十几米的老宅中。

我一直很奇怪这个问题。为什么有时候梦境反映的是当前的现实——比如压力大造成的梦，梦境的地点，无一例外，都是那座老宅以及周边。这些地方，现在早被风景区取代了。这有点小遗憾，但看看日益宜人的风景，却也坦然了。

老宅是长方形的，南北狭长，就在老龙湾“西崖头”（西侧的陡坡）边上。院里有一棵高大的榆树。这棵榆树，好像从我生下来就那么粗，后来一直那么粗，没怎么长。院子里种其他的树，也有“生长困难症”，因为地下没多少土，全是石头，而且是连在一起的巨石。后来我想，我家的石头可能和老龙湾铸剑池上的巨石是一体的，连成一片，这样才压得住车轮般的涌泉。

老宅有一间大北屋，一间小北屋，都是土坯屋，房间面积小，院子就显得大。院里有一间“漏风”的土房，炊烟就是从这里升起的，土话叫“饭屋”（厨房）。饭屋旁一棵小腿粗的柿子树，被烟熏得不怎么长；倒是猪栏旁边的枣树，不惧巨石薄土，年年给我们惊喜。

三

对老家的印象，更多的是来自于“老家的人”——老乡。

刚参加工作时，一朋友问我是哪里的，我说，临朐。他冷不丁来了句：那毛笔字很好吧？

那时候还不了解外地人对临朐的印象，他这一问，吓了我一跳，心想，临朐人和毛笔字有什么关系？难道临朐人就必须会书法？想想自己螃蟹爬似的“书法”，不由忐忑。

果然就遇到了一位“会点书法”的老乡。他确实只是“会点”，不是替他谦虚。不过，在书法作品收藏、鉴赏方面，他绝对用不着谦虚。从他那里我才知道，临朐人会书法的真多。尤其临朐出去的“成功人士”，要是不会写几笔字，都不好意思说自己是临朐的。

以至于有人开玩笑说，当官的要是不会书法，都不好意思去临朐干。

这可真是难为我了，从小生在农家，老爹虽然会写写对联，咱却没写过几个毛笔字。于是问他，你收藏了这么多书法作品，自己写得咋样？

这家伙得意地拿起桌子上的毛笔，写了几个字，还没等我评价，先下手为强：“不好，写得太舒展了。”

太舒展？大哥，您这是自我批评还是自我表扬啊？

四

在报社工作，发现报社的老乡多，老乡中会书法的更多。于是我就很注意，如果和文化人在一起，他们问我哪儿的，我先说潍坊的，试探一下；发现他们对潍坊不太了解之后，再说自己是临朐的，省得他们问“会写毛笔字不”。

一位前辈，普普通通的，很和善的老乡，有次在报纸上发现他的大名，吓了我一跳：这位前辈，书法、绘画这么帅!

好吧，他是宣传口的，有文化、会书法，情有可原。有一年去山东省中医院拜访一位老中医，也是临朐的，肝病权威专家。很偶然看到了他写的字、作的诗文，备受打击：您说您一个学医的、理科生，字都写得这么好、诗都写得这么顺溜，让我们这些文科生怎么混……

五

虽然很惭愧，但说起自己的籍贯，还是满脸自豪。为了不给“有文化的老家”丢脸，自己也在默默努力。

我所在集团的一把手，就是临朐人。一想起这么大个集团，是自己的老乡在掌舵，内心的自豪感会油然而生。

他令我印象深刻的，不是政绩，而是为人。有一次，他开讲座，我在下面听，听到他讲了一件事。大意是说，自己现在出去，不是很愿意带随员。有下属跟着，就感觉“架子”放不下来，拿不出那股“当记者”的劲儿。一个人出去，就可以撤掉面具，该闯闯，该拼拼，把自己的位置降下来，恢复“记者”本色。

这让我很欣慰。他官大官小，老家人不一定在乎，这种朴实本色，至少我在乎。做人就得这样，不管位置多高，都不能忘了自己为什么出发。

——当然，这话轮不到我来说，可我就是忍不住，咋办？

六

集团领导出的书，我看了特别亲切。不是因为他是领导，而是因为里面随处可见的“临朐”。他书中的两个细节又让我冒汗了。

一个，说他的老家——当然也是我的老家，虽然贫穷，却几乎家家户户都有笔墨砚台。我一想，还真是这样，虽然是农家，我家也有砚台笔墨，老爹每年过年都给人写对联嘛！可自己怎么就不知道练练呢？学业逼的？好吧，勉强算个理由。

高中时，路过老龙湾东一户人家，看见一副对联，我和小伙伴们都惊呆了：浮山不墨千秋画，龙湾无弦万古琴。

是哪位仙人，写出了这么绝的对子？那时读的书也不算少了，这样巧妙的对联，还是第一次见到。

从老龙湾向南，往“山前”（地名）走，有一条曲折的小路。路边有户人家，每次和小伙伴走到那里，我们都行注目礼。因为对联写得太漂亮了，那字体，如虬龙，如瘦骨，堪称一绝。我不懂书法，但也知道，这绝不是一般人写得出来的。同学信誓旦旦，说那家主人是将军之类的大官，云云，后来也没搞清楚。那院落十分普通，遒劲的字体，偶尔还会在相邻几家大门上出现。

书中另一处，说到了朱位村附近的状元墓，领导回忆说，当年他在这儿“被迫”向状元墓鞠了一躬。

说实话，我是在工作之后才知道临朐还出过状元的，要不然，高考之前肯定也去鞠上一躬。为了做一组状元的稿子，发现了“状元中的老乡”，我很兴奋，在QQ上汇报这一重大发现，老乡们纷纷对我的孤陋寡闻表示强烈谴责——

一高中同学不屑地说：我胡梅涧的，是马状元的第N代传人。我膜拜道：怪不得你数学那么好……怪不得我数学不行，原来是缺了个“状元老爷爷”啊……

一在南京工作的老乡说：俺姥娘马家庄的，俺也算“状元外戚”。我懊悔道：唉，怪不得我毛笔字不行，原来是缺了个“状元老姥爷”啊……

后来一想，也不怪我。上学的时候，为了摆脱农村户口，光知道读书背书，什么都不懂，连老家都没读透。再一想，咱们宣传文化口的，也有责任，为什么不拍个马状元的电视剧普及一下呢？

七

2006年，回老家参加临朐二中建校50周年纪念活动，一位学长致词。说着说着，说起了当年“煎饼就辣疙瘩咸菜”的经历。

他是在回忆当年的苦，可我很不自觉地流口水了。这两样东西，一度是我的最爱。后来为了健康，咸菜才慢慢淡出。

其实我最爱的还有老家的地瓜。煎饼，地瓜，辣疙瘩（芥菜），老爹最恨是地瓜。据说他当年吃地瓜吃绿了肚子，现在一见地瓜胃就泛酸。同龄人中，也有这样的，家里穷，只能吃地瓜，吃伤了。

最妙的是，这三样东西，被娘用一种独特的方式联系起来，打造成了美味。这也是我小时候，隔三岔五就去“饭屋”用木棍捣一遍冷灰的原因。有时候奋力“捣灰”之后，满脸惊喜；也有的时候，满脸失落。美味不是每天都有的。

摊完煎饼，留下一堆麦秸的灰烬，热度尚存。这些热量不能浪费掉，娘会拿几个地瓜，有时候还有一个“辣疙瘩”咸菜，放里面煨。然后……就没有然后了，回去睡觉。

第二天一早，扒开灰，喷香的烤地瓜、烤咸菜就出炉了。那味道，比如今街头卖的烤地瓜不知要美多少倍。经历了一晚的冷却，地瓜、咸菜余温尚存，口感正佳。

老家的美食，就像老家的人，简单，不浪费——哪怕一点点的灰烬、一点点的余温，也要让它发挥价值。后来走过了很多地方，经历了很多事情，渐渐发现，把复杂变简单，似乎才是人生的真谛。

遇到的老乡很多，他们有的位高权重，有的普普通通，身份差异巨大，角色各有不同。但在老家人面前，复杂瞬间变成简单，所有的关系，被一句“老乡”概括了全部。别的，就不用多说了。你是大官，又怎样？只是我的老乡。你是民工，又怎样？你是我的老乡。

作者简介

高金国，1973年生于临朐县冶源镇，毕业于南京大学中文系。现供职于大众报业集团所属鲁中晨报社，先后任编委、总编辑助理等职，主任编辑，全国中文核心期刊《青年记者》专栏作家，多次获山东新闻奖等奖项。工作之余，致力于历史文化研究。现为淄博市作家协会理事、会员，出版有《唐朝那层窗户纸》、《乔布斯告诉中国》、《人生是一场修行》等图书8部，近300万字。作品《唐朝那层窗户纸》获淄博市第十届文艺精品工程优秀作品奖。

爱柳山

高凌云

爱你
爱你古老的历史
远古的尧帝
在这里挑一座灵秀的山脊
封给叫作丹朱的儿子
从此
这里的山叫作丹山
这里的河叫作丹河
这里的山河叫作朱虚
六千年前的新石器
残存在魏家、庙山遗址
“临淄为京，城头为城”
流传两千多年的古语

见证一座穿越春秋的城池
刘汉兴邦
这里是朱虚侯刘章的封地
颓废的城墙、斑驳的瓦砾
深埋地下的陶瓷、青铜器
记载你繁华灿烂的往昔

爱你
爱你壮美的大地
两岭两洼五河八山九十七平方公里
勾勒一位健壮母亲的身姿
西峙洪山岭
是你热情张开的手臂
东山遮天蔽日的橡树林
是你浓密乌黑的发丝
孟津河悠长的流域
是你亲手缝制的裙衣
英山水、丹山湖
是你两汪清澈明亮的眸子
满山遍野红土厚积
是你丰腴润泽的肌肤
“一沽塘二盘阳三来数着城头上”的美誉

讲述一片砂土地的神奇
风起云落是你额头的颦笑
沧海桑田是你从容匀称的呼吸
你坦荡的胸怀博大的爱心
哺育万物生灵造就一方百姓乡亲

爱你
爱你蓬勃的生机
四万双勤劳之手
晨昏耕耘六万五千亩良田沃地
给青皮脆瓤的西瓜
贴上农业部颁发的绿色标识
让鲜嫩的大棚菜蔬
摆进京都省会的超市
劈山为路
填壑为径
纵横交通的街衢
花开四季溢满温馨馥郁的香气
楼房毗连
山水相依
你清新的容颜潜藏的魅力渐为人识
家乡赤子呵护你

在外游子牵挂你

仁人志士关心你

你的明天一定更美丽

注：柳山镇，属临朐县。作者曾在该镇工作五年，先后任该镇镇长、党委书记。

作者简介

高凌云，临朐县城关街道人。1970年9月出生，1990年7月参加工作。曾在临朐县做过教师、记者、妇联干部、政协干部、镇长、镇党委书记，现任青州市市委常委、宣传部部长。业余习写散文、诗歌，2007年出版散文诗歌集《西山夜语》。

梦回故乡

郭太平

沂山脚下
弥河两旁
是我做梦也想念的地方

那里有
少年的伙伴
中学的同学
故乡的老屋
勤劳的爹娘

依稀记得
村东头的麦场里
碌碡在脱粒

簸箕在扬场
沉淀下的是难以果腹的口粮
朦胧中
皎洁的月光里
大门外
石碾旁
槐树下
柴火垛里捉迷藏

曾记得
小时候
那个年代
我们的父母
曾经面朝黄土背朝天
辛苦一年
到头来
拿着鸡蛋
去给孩儿换过年的新衣裳

永难忘
小时候
那个年代

我们的父母
面朝黄土背朝天
辛苦一年
到头来
为了孩儿的学费
被逼得两眼泪汪汪

曾经的苦难
难忘的故乡
清澈的龙湾水
告诉我
那是妈妈的乳汁
曾经的苦难
永远的故乡
滔滔的弥河水
告诉我
那是父亲的血液
曾经的苦难
魂牵梦萦的故乡
巍峨的沂蒙山
告诉我
那是爷爷的脊梁

长大后

去远方

无论荆棘密布

还是鲜花遍地

永远不会忘记

是

母亲甘甜的乳汁

父亲沸腾的血液

爷爷挺拔的脊梁

给了我富有

给了我力量

我

富有的是

乳汁　血液和脊梁

给了我

一个健康的身躯

一腔滚烫的热血

一颗做人的良心

良心和热血

造就了

我的善良

我的勤劳

我的刚强

善良　勤劳和刚强

诞生力量

力量伴我走远方

在远方

承载着

儿时的梦想

梦回故乡

句月湖里的倒影

山楼成画

微风吹过

柳树在涟漪中婆娑

扭广场舞的老妈妈

瞅见远处录像的老伴

笑里含羞

时而把音乐节拍错过

梦中的游子

禁不住

躬身掬一捧久别的家乡水

滋润一下干渴的心田
睡梦中
仿佛又看到了
孩儿离家时
父母在村口
迟迟不肯离去的模样

梦中的游子呀
无论走到哪里
永远感恩
永远难以忘怀的是
善良播种了梦想
勤劳收获了希望
刚强铸就了辉煌

作者简介

郭太平，生于临朐县城关街道，客居北京。家乡的山水，养育了吃苦耐劳、明辨是非、不卑不亢的个性。曾就职于《齐鲁晚报》《经济导报》《中华新闻报》《大公报》，担任过站长、主编、主任等职。现工作于《中国报道》杂志社，并兼任解放军总后勤部金盾影视中心宣传总监。时时恪守“清清白白做人，老老实实做事”的信条，处处践行着一个媒体人的责任、良知和担当。

家乡那方水土

傅绍万

一

想儿时，也颇有几分聪颖，博师长和前辈青睐。长成后，却灵性渐失。没有了“天才”可以倚恃，立身于世，倒添了一份韧劲儿。自己要做的事，便不问功利成败，闷着头，只顾默默地做去。想这性格的形成，我便常常忆起家乡那方水土，那日复一日终生劳作于田园的乡亲。

高中毕业回到弥河岸畔，在广阔天地经了几年风雨。随后，高考制度恢复，便和千千万万学子一起，开始了迈向高等学府的艰难跋涉。当时，那是吃得怎样一份苦啊！托城里工作的朋友买回块闹钟，每天入睡前拨好钟点，任熬夜熬到多深，六点钟，丁零零的声响一起，便翻身下床。“闻钟起舞，枕书待旦”，一盏小油灯相伴，送走酷暑，又迎来严冬。疲累过度，眼睛便常常闹别扭。捧起书本，密密麻麻的铅字一片蒙眬。母亲担心儿子熬垮了身体，夜深了，总要来到窗前，轻轻敲一敲窗棂，一番叮咛："睡吧。"那时候，儿子哪里理解做母亲的心。劝说不听，催急了就发脾气："你睡你的去！"母亲悄声走回自己房间，从此，静夜里不再有母亲敲窗棂的声音，可她却是夜夜站在天井里，数着星星，用一声声咳嗽催促儿子。那是儿子熬多少夜，母亲陪多少夜！

多少次，我真想把所有的书本、笔记统统烧掉，想死了这份心，安安稳稳在村里成家过日子。又是母亲一次次鼓励我，使我蔫了的头颅又高高昂起："我儿子考不取，谁考得取？谁吃得我儿子的苦啦？就像种庄稼，洒了汗水还能没收成？"

知子莫若母。我信赖母亲，信奉母亲朴素的哲学。

母亲文化不多，解放初在识字班启蒙。可是，却硬抱着书本，啃下《孟姜女哭长城》、《李逵下山》、《唐僧取经》……在冬夜暖烘烘的炉火前，纳着鞋底，娓娓叙说，直到膝下儿女响起鼾声。记得有一年深更半夜，母亲把我从梦中喊醒："你给我抄支歌曲。"她念着："天上不满星，月亮亮晶晶。不对，不是这个'不'。"我还是二年级小学生，哪懂歌词的意思。写了几个bu，母亲说："还是这个'布'对。"我问："啥意思呀？"母亲说："天，不是像块布吗？"我越加迷惑，看着母亲半晌，说："娘，你睡吧。"母亲说："娘不能落后呀！"母亲凭着那点墨水，学会了黄烟管理、果树嫁接、草莓种植；凭着争强好胜的心，在队上妇女中挣工分总是数一数二……

记得高考结束，我扎进村头蒲苇青葱的弥河里，是那么心静如水。我付出了努力，即使不能考取，也算对得起母亲了。母亲要求儿子的，不就是做事能尽力吗？

走进大学的四个年头，每逢节假日，母亲总不让我闲待在家里："队里掰烟，你去吧。""晚上打场，你去吧！"我皱会儿眉，还是不情愿地去了。那是母亲不愿被人议论她的儿子忘本。而在为数不多的劳动中，我却获得莫大教益。每次，我都喜欢和一位绰号"邪头"的大伯搭档。他的身世像猜不透的谜。听人说，他开过店，学过京戏，上过洋学堂，在机关供过职，是犯了什么错误，才迁回村。平时，他很孤独，逢了知音，自然喜欢。我和他垛着麦穰，说："大爷，你再哼两句京戏吧。"他便拿了腊杈当枪，拉开架式，呔呛呔呛一阵，唱出"一十三岁习弓马，威名坐镇在长沙……"引得笑声荡出很远很远。这时，他脸上却挂上极痛苦的表情："大侄子，大爷有句话送你。你将来也许能熬个一官半职，可不能不学上真本事。咱河东马家，中过一位进士，放了县官。那年治水，坐着轿去工地察看，好不威风！咋样，人气不过，把他要了。夏天发山洪，水库闸门提不开，淹了几十处村子，问斩了……"我默然回味。赶忙握紧手中的木杈，拉开弓步，认真做起来。这农活里，蕴含的分明是一种人生态度啊！

走上社会，转眼经历了十年磨砺。看待人情世态，多了几分麻木和冷眼。可家乡亲人的教诲，却时时不敢忘怀。每当遇到挫折，心灰意冷，不思进取时，我便忆起母亲劳作的身影。每当惰性抬头，工作、生活中有投机取巧的念头滋生，便想起大伯意味深长的话语，想起那永不歇息的弥河水，那质朴淳厚的黄土地。

哦，家乡那方水土，我永远是你的子孙。

二

我的家乡是一方灵山秀水。中国的山，首称五岳，次列五镇。历史上，五镇和五岳齐名，一起被列为中国十大名山。五镇之首沂山，就坐落在我的家乡临朐境内。《史记》记载，黄帝曾登封沂山，虞舜肇州封山，赐山名为东镇。历代帝王，增封或派重臣赴沂山祭祀不绝，使它成为一座历史文化名山。沂山还是汶水、弥水、沂水、沭水四条河的发源地，孔子和学生曾点畅谈人生，“冠者五六人，童子六七人，浴乎沂，风乎舞雩，咏而归”，“浴乎沂”，就是指的沂水。“沂水，出沂山，舞雩台在其上。”弥水，则是流经我家乡村头的一条河，细白的沙滩，澄澈的河水，青葱的蒲苇和唱晚的水鸟，时常走入我的梦境。

弥河东岸，是状元才子马愉的家乡。小时候过河东，看见状元墓，并不知状元为何物，被大人逼迫，很不情愿地给状元鞠一个躬。出村子南行五六公里，明代散曲家冯惟敏纪念馆，坐落在老龙湾绿水和翠竹丛中，似乎就是一个极普通的古院落。儿时印象最深的是，二老奶奶家的门楼极其高大壮观，生产队上工哨子一响，社员们都到这里集合、出工。门楼的过道里挂一块大匾，写的是“京贡第　大清光绪三十二年敕”，也不知是什么意思。“文革”中，这块匾作为“四旧”毁掉了。近几年家乡人修家谱，才知道是记载了祖上一段经历。“贡”是贡生，“第”是门第，贡生是举人副榜，或省、府、县生员推荐进国子监读书的人。这也算身边的一个文化事件吧。

也许是受先贤的影响，在我的家乡，无论贫富，家家都备有一方砚台、几管笔，意在激励儿女读书习文。“文革”后恢复高考，走出家乡的学子格外多。在异地他乡工作的，都擅长写几笔字，靠笔杆子吃饭的多。在党政部门、新闻单位，更是一种突出的“临朐现象”。前几年，有一位临朐籍的省级领导作了一个统计，当时省直部门厅级以上职务的临朐人，全部是摇笔杆子起家。临朐又是戏剧之乡、书画之乡。大字不识的家庭妇女，拿起画笔，就能成为画家，靠卖画为生，还收徒弟。科局长们退休后无事可做，想到写字画画，不出几年工夫，作品就可以摆摊出售。我的同事讲过一件事，他陪一位省领导登沂山，领导看到山间立有一块石碑，颜体字，刚劲有力，颇具大家风范，招呼紧急停车，让秘书上山看看出自哪位名家之手。秘书气喘吁吁回来报上姓名，原来是时任县委书记。在临朐为“主官”的，数一数，哪个人都能涂抹几笔。

一方水土养一方人。那是因为一方水土，为一方人注入了特有的基因和血脉。家乡人做人做事有什么特点呢?现在想来，他们有山的坚韧，也有水的智柔。许多领导喜欢临朐人，因为他们忠诚、勤奋，虽然不乏聪敏，却把灵气深藏于心。过去，临朐籍的中央高层警卫人员多，近几年军界还出了几位很有名的大人物。临朐人当秘书的多，许多领导找司机，也愿意找临朐人。回想自己，大学毕业进入报社，一介书生，无根无底，一路走来，走上一把手的岗位，人生的路还算顺利，靠了什么?想来也是靠了家乡那方水土注入的基因和血脉撑持。

转眼间，走出家乡已经35年。因为父母都已年迈，便时常回到父母身边，回到自己出生的那个农家小院。坐在天井里，看着西下的夕阳，听着树叶的婆娑声，耳边是母亲的絮语，心完全静下来。回想年轻时光，人生之帆从这里起航，过了知天命之年，又返回起点，回归了本色。说人生感悟，最普通却是最启迪人的一点是：人的基因难改，人的本色也难以改变。三十多年来，人还是那个样子，母亲的哲学、大伯的教诲，已经渗到了灵魂深处：

“走上社会，转眼间经历了十年磨砺。看待人情世态，多了几分麻木和冷眼。可家乡亲人的教诲，却时时不敢忘怀。每当遇到挫折，心灰意冷，不思进取时，我便忆起母亲劳作的身影。每当惰性抬头，工作、生活中有投机取巧的念头滋生，便想起大伯意味深长的话语，想起那永不歇息的弥河水，那质朴淳厚的黄土地。”

作者简介

傅绍万，临朐县冶源镇傅家李召村人。1982年中国人民大学新闻系毕业分配至大众日报社工作，先后任大众日报社驻站记者，总编室编辑、副主任，机动记者组副组长，总编辑助理、理论评论部主任，党委常委、副总编辑。党委副书记、总编辑。2005年3月起任大众报业集团（大众日报社）党委书记、董事长、总编辑。中国人民大学新闻学院学科建设指导委员会专家委员、兼职教授。山东省第九届、第十届省委委员。著有《破译报业腾飞的密码》、《城市与文化》等。

沂山钟灵佑黎民

傅绍万

2012年7月初，偕同省旅游局于冲局长作沂山之行。刚到沂山主峰的所在地临朐，天公便降下一场透雨。县里的领导处于极度兴奋之中，开玩笑说：“今年旱情严重，一些地方庄稼开始干枯，树叶脱落。这次久旱降喜雨，应在‘大人’出行，沂山有灵啊！”

接着这番玩笑话，从党政官员到管理人员，都提到同一个观点：“泰山是五岳之尊，代表天，象征国泰；沂山是五镇之首，代表地，象征民安。”泰山的定位，没有人产生疑问。但说到五镇之首，许多人就感到陌生了。说到沂山代表地，象征民安，疑问就更多了。

不过，这个话题却极有吸引力。于局长说，“旅游景观的价值在于唯一，在于第一，弄清沂山作为五镇之首的来龙去脉和文化蕴涵，也就不虚此行了。”

于局长既是一省旅游的主管，更是创意策划专家。因这一席话，沂山之行便成为沂山历史文化的探源之旅。

雨中的沂山笼罩在舒卷的白云之中，淙淙的山泉水奏出天籁之音，空气中弥漫着松香的清新，丝丝缕缕沁人心脾。入住位于半山腰的沂御园，我们翻开有关沂山的介绍，急于寻求答案。中国旅游出版社出版的《中国五镇》记载，五镇是五大镇山的简称，他们分别是东镇沂山，西镇吴山，南镇会稽山，北镇医巫闾山，中镇霍山。历史上，五镇与五岳齐名，一起被誉为中国十大名山。而东镇沂山居五镇之首，又有东泰山、“大东陪岳”、鲁中“仙山”之称。《史记》记载，黄帝曾登封沂山，虞舜肇州封山，赐山名为东镇。夏、商、周、秦、汉沿袭相祭，祀礼之重，代胜一代。隋、唐、宋、元、明、清先后有十朝十六位帝王，增封或派重臣赴沂山祭祀。沂山和泰山一样，具有深厚的历史文化底蕴。

山高水长。沂山还是汶水、弥水、沂水、沭水四水发源地，其水不巨名气却大。孔子当年与众弟子畅谈人生，曾点与众不同的志趣深契孔子胸臆，“冠者五六人，童子六七人，浴乎沂，风乎舞雩，咏而归”。“沂”就是沂水。“沂水，出沂山，舞雩台在其上。”弥水，则是流经我家乡村头的一条河，细白的沙滩、澄澈的河水、青葱的蒲苇和唱晚的水鸟，时常走入我的梦境。这一方水土，养育了状元才子马愉和著名散曲家冯惟敏等一批优秀儿女。秀水伴名山，更增添了沂山的魅力。

沂山作为五镇之首，是没有疑问了。但是，追问沂山何以代表地，何以象征民安，回答者就多似是而非了。《中国五镇》推论：“五岳为天，五镇为地是尊严和统治的标志”，这显然过于武断，不能令人信服。翻开山东旅游出版社出版的《沂山石刻》、《大元增封东镇元德东安王诏碑》的碑文令人眼前一亮：“上天眷命，皇帝圣旨，三代以降，九州皆有镇山，所以阜民生，安地德也。”这段碑文，使沂山与“地德”和“民安”的联系进了一层。

考稽史书，不如实地探察。吃罢午饭，在当地官员的陪同下，我们拉上《沂山石刻》的作者、沂山管委会副主任张孝友先生去东镇庙寻根溯源。

东镇庙坐落在九条山脉汇聚的“九龙口”风水宝地。进入红墙黄瓦的古老庙宇，汉柏唐槐和绿荫匝地的宋代银杏树，诉说着历史沧桑。碑廊中的古碑残碣，向我们敞开胸怀，袒露了被岁月尘封的谜底。漫步碑廊，一个现象引人注目：碑文的记载，多是帝王或所派臣僚赴沂山祈雨、祛灾的内容。阅读碑文，就是读一本刻在石头上的“为民请命”的大书！以明代的碑碣为例，据《东镇沂山》存目统计，明宪宗朱见深成化年间，因久旱无雨、禾稼枯死，皇帝派臣僚祈雨的碑记就有七次。明世宗朱厚熜嘉靖年间，灾荒频仍，嘉靖皇帝派遣大臣祭祀沂山多达11次。嘉靖十二年的碑文，再现了479年前的大灾情景：“去冬无雪，今春无雨，蝗蝻复生，二麦几于不登，三秋将失所望，民不堪命”，“迩者沂水迤南，飞蝗蔽天而来，逼近境土，老幼悲惶，远迩惊怖”。君临万邦的帝王，为了他的下民，降尊纡贵，向沂山之神祈愿：“惟神矜悯下民，斡旋大造，早霈甘泽，以滋禾稼，以济民艰。庶民有丰稔之休，则神亦享无穷之报。”

东镇庙始建于西汉、重修于宋初，令人遗憾的是，庙中碑碣虽超过百幢，汉、唐、宋代已经无存。张孝友先生告诉我们，根据可见的碑文记载，汉、隋、唐、宋四代，皇帝派遣大臣祈雨的次数同样不少，其中还有许多“天人感应”、山神显灵的记载呢！

《元德东安王碑》是东镇庙中现存最古老的碑碣，元大德二年元成宗诏封沂山时所立。碑阴“感应之记”，记载了东镇沂山的灵验。皇帝派遣使臣致祭沂山，当时青州境内大旱。使臣到达青州时：油云迁兴，与随车之雷雨大作。黄童白叟熙熙然，以为“德者之降至诚之神所致也”。元明清各朝的碑文中，祈雨灵验的记载比比皆是。《李木致祭碑》为明宪宗登基的祭告碑，皇帝遣尚宝司司丞李木致祭沂山之神，那时地方久旱不雨，庄稼不能播种。方祈未祭，阴云四布，雨气蒸人。迨其已祭，遍邑霑足。他作诗刻于碑阴，记下“三更礼罢下坛台，谁料大明雨脚来”的奇遇。还有嘉靖十一年那场旱蝗大灾。皇帝派大臣致祭之后，临朐知县褚宝再祭沂山，“神乃大澍甘霖，随祷而至，蝗乃退飞，如受约束然，遂不为灾。”清代，康熙大帝更是对沂山的灵验信之至笃。他在位61年，其间常有旱涝等自然灾害发生，每到东镇沂山祈愿，都能有所应验。所以，他于在位第52年时为沂山手书“灵气所钟”碑，将东镇沂山“钟灵毓秀佑黎民”的形象传播于神州大地。

这些刻在石头上的历史，是信史？还是荒诞不经之词？我们还是作为一种独特的东方文化看待吧！

揭开岁月的封尘，一座安民之山灵动起来：中国社会，以农为本。风调雨顺，农业丰收，则百姓乐业，社会安定。遭遇旱涝灾害，百姓衣食无着，就会引发社会动荡，甚至大规模农民起义，导致一个王朝的覆亡。民为邦本，民安则社稷安。面对“天谴民怨”，封建帝王们不能不正视“民贵君轻”的严酷现实，各级官员们的重民安民意识也被催发和生长。历史上，潍坊境内出现过一种“清官现象”，如寇准、欧阳修、范仲淹、郑板桥，在潍坊境内任职期间，清廉自守，真情为民，官声卓著，赢得青史留名，是否和这座安民之山有一种内在的渊源？“天地有正气，杂然赋流形。下则为河岳，上则为日星。于人曰浩然，沛乎塞苍冥。”这里，千百年毓化而成的天地正气，必然影响当代，磅礴于未来。

我去过泰山、华山、嵩山、衡山等不少名山，在那里也偶尔见到过祈雨的碑碣。但是，一个朝代，至高无上的帝王，为什么偏偏选中沂山作为司天地之神，亲临或选派大臣致祭沂山而不是其他哪一座山岳？我展开想象的翅膀，眼前重现着庄重宏大的祈雨仪式：峨冠博带的朝廷重臣，三拜九叩，在香烟缭绕中，宣示帝王对沂山之神的“罪己诏”和祈祷；舞雩台上，先民们挥舞干戈，跳着铿锵的舞步，“雩！雩！雩！”的呼唤震荡山谷，上达天穹。历史的回响触发一线灵光，沂山的名字中那大大的“水”字偏旁，铺展开一张阔大的水幕，冥冥中泄露出莫测天机：五岳名山，名字中没有水；五镇名山，除了沂山之外，名字中没有水；神州大地其他凡有名姓的山，也没有哪一座名字中带有水字。欲求甘霖，唯有沂山！

如果说，泰山是帝王上达天听的天坛，沂山就是宣示民瘼的地坛。这是东镇沂山的特殊价值。中国传统文化中最可宝贵的，是“敬天安民”、“民贵君轻”的民本思想，它盛行于上古直至春秋战国时代，但是，趟过数千年封建社会的历史长河，“君”的地位被捧上了泰山之巅、九霄云外，而“民”的价值却卑小到尘埃中去了。东镇沂山却代表着中国传统文化积极而健康的走向，它始终矗立于民间，“理政”为民，警醒历代帝王、也激励各级官员的重民意识。“天地人”的合和，共同托起一个民族和它的民众的良好愿望——“风调雨顺，国泰民安”。

这样一座山，永远值得世人的崇仰和拜奠！

流入《水经注》的弥河

窦锦平

在青临一带度过青少年时光的北魏大地理学家郦道元，对这里的山水自然，特别是弥河，怀有深切的感情。他后来写《水经注》，对此作了详尽、生动的描述。打开这部巨著，我们今天仍能领略到中古时期弥河两岸的地理风貌和人文景象，仍能倾听到1500多年前弥河及支流汩汩淙淙的流水声。作为在弥河川上生长的我，对郦道元笔下的弥河，感到格外亲切，每次观阅，心中都涌起一阵激动。

北魏太和年间前后，郦道元曾随两度出任青州刺史的父亲生活在青州。居青州期间，郦道元在曾为太子老师的父亲指导下勤奋攻读，广览奇书。余暇时，郦道元喜欢结伴游历。海岱间的名山胜水，都留下他年轻矫健的身影。秀甲齐鲁的青临风景陶冶了他的性灵，开阔了他的胸襟，也培养了他热爱山水自然的兴致。也就是从这个时候起，郦道元开始迷恋河流。对淄水潍水汶水沂水，投下关注的目光。自然涉足最多的是近距离的弥河。他逆流而上，又顺流而下，从沂山西麓的弥河源头到莱州湾岸的弥河入海口，以及每条支流，他都作详细探访。他喜欢寻根溯源，对每条支流的起源，都攀岩登崖，披荆斩棘，以探险精神用心查勘，并走访渔樵，采集民间传说与歌谣谚语。虽然他集中为《水经》作注是在中年之后，但实际上，他在青少年时代就认真留心观察河流了，并广泛涉猎关于河流的地志文献。他二十多岁入仕后，就离开青州，做颍川太守、鲁阳太守、东荆州刺史，做河南尹、御史中尉，鞍马劳顿，四方奔波。他在《水经注》中写青齐河流时，主要运用的是青少年时代的游历见闻与积累。弥河是郦道元最早进行科学考察的一条河——起初是与自然游览结合在一起的，也是他写得最熟悉最流畅的一条河。

弥河，古称巨洋水，发源于沂山，流经临朐、青州、寿光，注入渤海莱州湾，是一条历史悠久的长河，孕育滋润了两岸灿烂的文化。在许多古诗文中我们能看到其秀奇的身姿。弥河最早流入的典籍就是《水经注》。在《水经注·巨洋水》中，郦道元以弥河主流为纲，插入支流丹水、熏冶水、石沟水、洋水、康浪水、尧水，记述了弥河的水文地理与地貌形态，也对两岸人文地理现象施以重彩，描绘出一幅五彩缤纷的长河画卷。

在《水经注》中，郦道元用生花妙笔对弥河自然风景作了精彩描述。最经典的是写支流熏冶水：“巨洋水自朱虚北入临朐县，熏冶水注之。水出西溪，飞泉侧濑于穷坎之下。泉溪之上，源麓之侧，有一祠，目之为冶泉祠。按《广雅》：‘金神谓之清明。’斯地盖古冶官所在，故水取称焉。水色澄明而清冷特异，渊无潜石，浅镂沙文。中有古坛，参差相对，后人微加功饰，以为嬉游之处，南北邃岸凌空，疏木交合。”熏冶水，就是今天的老龙湾，为齐鲁名胜，是现代人旅游休闲的好去处。从郦道元笔下，我们看到了1500多年前她的秀美容貌。作者写水色、水温、水底、水中古坛与两岸古树，清词丽句，形象逼真，如诗如画。

紧接其后，作者以深情的回忆口气，写了少年时代在此游历的欢快情景：“先公以太和中作镇海岱，余总角之年，侍节东州，至若炎夏火流，闲居倦想，提琴命友，嬉娱永日，桂棹寻波，轻林委浪，琴歌既洽，欢情亦畅，是焉栖寄，实可凭衿。”作者把对自然的审美体验，和恣情林泉的欢愉心情充分表现出来。难能可贵的是，作者是在历览众多名水大川之后，仍然如此挚爱这里，真让我们感动。我们为家乡拥有如此灵性的妙佳山水而自豪。这段写景写情文字，我认为是《水经注》书中描写最精彩、倾注感情最深的章节。读之令人神清目爽，畅心舒怀。

在描绘弥河自然风貌同时，郦道元对弥河两岸的人文地理进行详细集录。举凡历史故事、神话传说、民间歌谣、军事战争、沿革递变、文化遗址，都兼包俱容，旁征博引。

写洋水经过逄山时，插入一段传说：山麓三成，壁立直上，山上有石鼓，鸣则年凶。逄山在广固南三十里，有祠，并石鼓，齐地将乱，石人辄打石鼓，声闻数十里。写到两岸存在的古国纪国、斟灌国、斟寻国，以及众多区划设置变迁。写到两岸的战争及军事活动：“沿水，悉是刘武皇北伐广固营垒所在矣”，“耿弇破张步于临淄，追至巨洋水上，僵尸相属，即是水也”，“司马宣王伐公孙渊，北徙丰人住于此城，遂改名为南丰城也”。写到仓颉造字故事：“仓颉台，弥水所经，水东有孔子问经石室。”还引用了大量文献典籍：《地理志》、《汉书集注》、《尚书》、《国语》、《春秋》、《汲冢书》，以及左思《齐都赋》、郭缘生《续述征记》。从中，我们可以领略到弥河文化、东夷文化的灿烂、悠久，可以远望到中华文明的曙光。

我们说郦道元《水经注》是“魏晋南北朝时期山水散文的集锦，神话传说的荟萃，名胜古迹的导游图，风土民情的采风录”。其中《巨洋水》篇对弥河的描述，充分体现了这一点。多姿多彩的穿插吸纳，增加了书中丰富的思想性和生动传神的文学性，为严谨学术著作增添了光彩的人文精神，使之具有恒久的魅力。后代的史志大家冯惟敏编《临朐县志》、钟羽正写《青州府志》、傅国著《昌国艅艎》、安致远纂《寿光县志》，都引用了郦道元《巨洋水》篇的考察成果和精彩描述。今天展读，仍能感受到“片语只字，绝妙古今”，令人“吟哦之间，辄深神往”。

作者简介

窦锦平，男，生于1960年，临朐县东城街道窦家洼村人，高级记者。1982年毕业于曲师大中文系。现为潍坊日报常务副总编、北海书院院长，山东省报纸副刊研究会副会长。新闻论文《穆青的“新闻三论”及对中国新闻界的影响》获第九届中国新闻奖一等奖，系列文化散文多次获山东省报纸副刊和中国报纸副刊好作品奖。

论剑铸剑池

窦锦平

是很遥远的事了。

欧冶子穿过吴越烟云来到齐国境内的海浮山下。一望见这泓青碧泉水，他的眼睛立刻放出亮光。从水色波光上，他认定这是稀有的淬剑神水。

于是，他停住步履，在泉边架炉生火，鼓风造剑。锻剑的敲击声，很快就在弥河西岸这片僻静的山水林泉中飘响起来。

阵阵铿然有力的金属击打声，立即吸引了众多目光。在春秋晚期，无论是雄踞南方的吴、越、楚，还是中原列国，都在寻找欧冶子手中的这种声响。那是一个崇武尚力的时代，剑是自卫防身和进行格斗的兵器，也是英勇威武的象征物。好剑之风，盛行朝野。拥有一把削铁如泥、吹发可断的宝剑，可以雄视环宇，无敌天下。而造名剑的良工寥若晨星，欧冶子是一代铸剑大师，自然就成为追剑族寻逐的星。

欧冶子的父亲欣临是越国大夫。他在少年时代就与吴人干将同拜梁母为师，学得“作火锻冶之法”真传。学成之后，欧冶子在会稽县南若耶溪旁赤堇山下铸剑。他“涸若耶而取铜，破堇山而取锡”，以铜与锡合金铸造青铜剑。他在剑的外形研制和质料搭配上有一套绝活。所铸之剑锋刃含锡量高硬度大，利于砍杀击刺；剑脊含铜量高韧性强，不易折断。欧冶剑很快成为吴越剑中名牌，驰名四海，尤受君王、侠客青睐。越王允常，就是1996年6月在绍兴兰亭发掘的印山大墓的主人，特聘欧冶子为他做剑。允常乃勾践之父，是一代明君，欧冶子对他印象不错，为他铸五把宝剑：纯钩、湛卢、磐郢、鱼肠、钜阙。后来，鱼肠、磐郢、湛卢三剑，被吴王寿梦——阖闾之父强行索要。这三把宝剑在春秋战国演义出许多惊天动地的故事。鱼肠剑，被公子光雇请专诸用来刺杀吴王僚，公子光因此夺得王位，称号阖闾，一把利剑改写了吴国历史。磐郢，也叫豪曹，让阖闾为其自杀的女儿殉葬。令欧冶子感到欣慰的是湛卢，这是一把真正的英雄剑。它憎恶阖闾的暴虐无道，离开阖闾而逃至楚国。楚昭王睡觉醒来在床边发现此剑，召相剑名师风湖子询问。风湖子说：“这是湛卢宝剑，乃五金之英，太阳之精，出之有神，服之有威，然人君行逆理之事其剑即出。今吴王弑王僚自立，又坑杀万人以葬其女，吴人悲怨，故湛卢之剑，去无道而就有道也。”谈到湛卢剑的价值，风湖子说：“虽倾城量金，珠玉盈河，犹不能得此宝。”楚昭王听后大悦，即佩于身，当作至宝，宣示国人，以为天瑞。

这之后，楚昭王又令风湖子请欧冶子与干将一起，为他造龙渊、泰阿、工布三枚宝剑。楚昭王挥动泰阿剑，指挥将士把来犯的晋郑联军打得“三军破败，士卒迷惑，流血千里”，让侵略者领教到欧冶子所铸宝剑的神威。

欧冶子铸造的宝剑，我们无缘亲睹真容，但从已出土的众多春秋古剑中，可想见其奇妙神采。在湖北省博物馆，我曾观赏到那把越王勾践剑。1965年出土于湖北江陵的这把青铜剑之王，长半米有余，剑格正面、背面分别用蓝色琉璃、绿松石镶嵌出美丽的花纹，剑身满饰菱形暗纹，靠近剑格处刻有两行鸟篆铭文，历2400多年仍寒光闪闪，锋芒犀利。可与越王勾践剑相媲美的是他儿子“者旨於赐”的剑。此剑1995年9月从香港古玩市场购回，价值百万，今静卧在浙江省博物馆文澜阁。可与越王剑争锋的是范文澜著《中国通史》彩页上那柄“山东临朐发现的吴王夫差剑”。这把吴王剑是作为青铜剑的经典，载入权威正史的。现在观之，仍能看出其王者风范。吴王夫差剑出土于临朐五井青石崖，我一直认为它与欧冶子有关联，是从南方携带而来，还是在铸剑池边打造？我想，欧冶子所铸宝剑当是这等模样，这等神韵。还有那把出土在齐长城脚下、印录在临朐《文物》中的“青铜银光剑”，那精湛技艺、超逸身影，似乎也属于“欧冶”一派。

在吴越楚享有盛誉的欧冶子为何不远千里，跑到齐国临朐铸剑？秋风爽爽中，我坐在镌有“铸剑池”古题刻的磐石上，凝望着面前的一池碧水，倾听着冶泉汩汩淙淙的流响，遥想着，沉思着，寻解这个历史之谜。

那个时代，铁器已经出现萌芽。以铁制剑，其长度和坚韧度，都超过青铜剑。铁剑取代青铜剑已是趋势。对此，作为铸剑大师，欧冶子看得很清楚，他努力寻求新的突破。青铜剑是铸造的，一旦浇铸成型，剑的优劣就定了。青铜剑不需要淬火，只需要磨砺。而铁剑是用块铁直接锻打而成的，剑的质量优劣很大程度上控制在工匠手中。欧冶子为了提高剑刃的硬度，创造了淬火工艺，把烧红的剑身，浸入水中，急速冷却，以坚其锋。淬剑需要水，而南方之水，多柔软，淬火不理想。欧冶子是一个视铸剑重于生命的人，为了自由铸剑，他拒绝当宫廷御匠，为了铸剑创新他踏上寻找淬剑之水的漫漫路途。终于在穆陵关北海浮山下，发现这股从泰沂山脉深处冲涌而出适宜淬剑的硬质水。我想，这应是吸引欧冶子在此铸剑的主要原因。还有一层因素是，当时齐国倡导“聚天下精材”做武器装备军队，有一个宽松适宜的政治经济环境，这也是欧冶子所需要的。

不管怎样，反正欧冶子来了。他用宝斧凿开磐石，使主泉熏冶泉流量更大。滃然而出的泉水先汇成一个椭圆形水池——铸剑池，又流过雪化桥，在东边积聚成一湖，当地人称之为老龙湾。泉、湖、山连成一方名胜。欧冶子在此实现了锻造铁剑的技术升华。他先把剑坯放在炉火中烧得通体透红，然后取出放在砧子上锻打。他举小锤领打，每敲打一下，徒弟就挥大锤跟打一下。铁锤上下飞舞，快似流星；火星四溅，像绽开的礼花。剑的长短厚薄和造型就在这一轻一重的敲击中打定。基本成型了，欧冶子握钳夹住烧红的剑身，猛一下插入铸剑池水中淬火。泉水哧哧响着，沸腾着，升起一团白雾。从水中取出，那剑已是闪闪发亮，锋芒逼人。欧冶子在这里造的主要是“龙泉剑”。这些技艺精湛之剑，大都成为齐国兵士御敌保国守护家园的利器。欧冶子的剑器理论为齐国兵家文化添加了浓重一笔。

欧冶子远去了。他的一身剑气已深深融入这方水土之中。看，那淬剑激起的水雾仍在铸剑池水面上缭绕升腾。冶源烟霭三冬暖，成为今日齐鲁间的一大奇观。

五彩八岐　将军雄风

谭佃贵

临朐县西南部的群山中，有一座很普通的山，名曰八岐山，因一山分支八顶，故名。《魏书》记载："八岐山，下如九叠屏风，上则八峰并秀，如森戟排列。"八岐山，又名八旗山、八士山。八峰巍然屹立，形如八大将军。八岐山之北，四面峭壁如削，山顶平坦如垠。乱世时，附近村民多避难于此。此处名曰太平崮，又名点将台。八峰"将军"，在此排兵布阵，守护着这片土地。

发源于八岐山的花园河，蜿蜒东去，汇经黄龙沟入弥河。据史载，骈邑达官贵人中，有半数以上来自八岐山下的花园河、黄龙沟畔。

这座普通的山，她的模样，还是千年前的样子。没有神鬼的践踏，没有人工的雕琢；花园河、黄龙沟，也是极平常的河，终年河水潺潺，卵石呈鱼。这里的村民，一直带着原始的淳朴和善良，日出而作，日落而息。用"春有百花秋望月，夏有凉风冬听雪"来描写这山、这水、这人，再恰当不过了。

像这样的山，这样的水，在共和国的土地上，有几百处，甚至几千处，只因为这里诞生了中共中央政治局委员、中央军委副主席、上将许其亮，海军原司令员、上将石云生，中国人民解放军总后勤部原副部长、中央军委办公厅原主任、中将谭悦新，空军原副政委、中将许乐夫，以及房中贤、孙元功、李安功、苏玉柱等八名将军，这座山、这条河，才与将军的雄风连在了一起。人们才用仰望的目光，审视这座山，解读这条河，甚至勾起了许多美丽的传说。

仰望八岐山峰　目睹云的游离

八岐山下是一片富有诗意的村落——花园河村。

《临朐县地名志》记载："花园河位于八岐山下，乃朱音御史许公游乡之地。清乾隆二年（1737年），许美、许治兄弟自朱音徙居至此，因有许家花园，且临小河，故名。"追根溯源，明洪武四年（1371），江苏徐州府砀山县（今安徽砀山）许思忠举家迁入朱音，其孙许信后为江西道御史。许御史晚年荣归故里后，营造了私家花园，后来这里成为两个儿子的"祖业田"。

广义的八岐山，是指花园河南山、西山和北山的总称。

南山，由风暴岭、通天峰、明光峰、纱帽峰、将军峰、天门峰、天国平、笔架山等八个山峰组成；西山，由天和平、将军座、恐龙峰、状元伞、阁老崮、油瓶山、文状山、金蟾山等组成；北山，由饽饽山、马脸山、凿冒山、大山顶、太平崮（又名点将台）、锯齿山、砧子山、小状元伞等组成。根据八岐山峰各自的形状和传说，山下的人们也给这些山峰起了各有特点的名字。

八岐山峰，形态各异、各具特色。或方如衣柜，或圆似馒头，或固若城墙，或如飞禽走兽，形象逼真，栩栩如生。

传说，八岐山原在东海海底龙宫门前，因龙王爷行走不便，便让“二郎神”用扁担挑到了这里。至今南天门和金蟾山上，还有当时“插扁担”留下的痕迹。

迎着落日，踏着暮色，青石垒成的八岐山已浮现在眼前。这片黛青色的群山，曾经养育了一代代守候在这里的父老乡亲。这里给了人们最初的矿藏和最后的粮仓。跻身于故乡的青山绿水，再次汲取大山的血液、灵魂和豪气，用自己的心血和汗水再次回馈一下这里的芳草和野花。青山的永恒便是人们的未来。人们的躯体，早已融进了这座沉默的青山。

朱元璋遴选皇陵　聪慧县令巧挡回

八岐山酷似一段段长城砌成的“马蹄”、“铁簸箕”，故又称簸箕山。山脉走势犹如一张天设地造的太师座椅，三面群山环抱，东面地势平坦，豁然开朗，紫气东来，暗藏皇家贵胄之气。

传说元朝末年，朱元璋、刘伯温等攻打大都时，一度在青州城南安置家眷。八岐山脉成了战争后方驻军之地。期间，朱元璋、刘伯温等惊奇地发现，八岐山巅似狮头虎背，山下花园河和黄龙沟又似两条巨龙盘踞在八岐山下，堪比长安泾河和渭河间的汉陵。龙盘虎踞，富贵千秋，江山万古。朱元璋决定在这里兴建皇陵。

某日，朱元璋在当地一县令的接驾下，前来考察陵地。这位足智多谋的县令考虑到，兴建皇陵，不仅劳民伤财，还可能有殉葬等悲剧发生，便暗使计议，巧妙应对朱元璋。

当他们策马鸣号来到八岐山下东部的凹洼地（今下五井煤矿区）时，朱元璋问县令：这是什么地方？县令应答：这是“金盆地”，并说地下埋着一堆堆乌黑的金子。朱元璋高兴地频频点头。

继续前行，又见一片平整肥沃的田地，县令又对朱元璋说，这是“王府地”。朱元璋更是龙颜大悦，叹曰天设地造。

朱元璋站在王府地，面朝南方，望着不远处层峦叠嶂的群山，问县令：那是什么山？县令答：那是梯子崖。并把民谣说给朱元璋听：“梯子崖，万丈高，骑不成马，坐不成轿，下面还有座滚龙桥，桥下有困龙坳，坳里还有斩龙刀……”

其实，梯子崖原名是阳城村的天梯山，是皇子登基称帝的梯子。滚龙桥原名滚水桥，河水小了，水从桥下面淌；河水大了，水从桥上面淌。因皇帝是真龙天子，骑马坐轿，所以县令便编造出了“骑不成马、坐不成轿、滚龙桥”等与皇位相克的名号。朱元璋会意，顿感失落。

马队来到八岐山下时，朱元璋指着那隽秀的八岐山峰，问县令：那八个山峰叫什么名字？县令支支吾吾，表现出难以启齿的神态。他故意把“金柜子山”称作“杀猪台”；“状元伞”称作“挺杖岭”（挺杖是杀猪用的工具，阁老崮至状元伞的山脊，酷似一根挺杖）；把“文状山”称作“扒皮山”（文状山石层如书卷，一层一层似扒皮）；把“笔架山”称作“支锅子山”（笔架山由三个对称的小山头组成，倒立后酷似炒猪肉用的支锅子）；把“南天门”称作“接血盆”（南天门的山巅全是红土，山顶有一小泉，将红土冲下石门崖，远看似流淌的猪血）；把“阁老崮”称作“阔落崮”（阔落猪，方言，指还没长大的小猪）；把“天和平”称作“天不平”（意思是在这里建皇陵，天都觉得不公平）。

将军座、状元伞、文状山、笔架山、天门峰、阁老崮、天和平等一个个美丽的名字，在县令嘴里突然变成了杀猪台、挺杖岭、扒皮山、支锅子山、接血盆、阔落崮、天不平等带着血腥味且与“杀朱”相关联的名字。朱元璋不寒而栗！

朱元璋站在八岐山南麓的天井岭上，面朝山下那一块块错落有致的山地和山地间一条弯曲的沟壑。一位正在山上放牛的老人对朱元璋说：这块山地叫蜂窝地（原名封王地），这条山沟叫偃旗沟（原名王旗沟）。蜂窝地，不敢住；偃旗沟，堆死人。即使当了皇帝，也会偃旗息鼓，不长命。其实，这位放牛的老人，是一位乡贤所扮，佯装不识朱元璋，暗助县令挡回朱元璋。而朱元璋亦以“不知者无罪”，没有怪罪这位放牛老人，心里更是战战兢兢。

朱元璋望着天井岭下的照红山、团山子和南山寨三座圆润的小山说：三山不出头，必定出王侯！这里确实是天下难得的风水宝地，可这里地气与朱家相克。最终悻悻而去……

后来，朱元璋在钟山建造了皇陵。百年之后，弘治年间，青州府的朱衡王选陵时，多次觊觎八岐山，但还是慑于这一串串对猪（朱）不吉的名号，最终也是望而却步。在“天意不可违”中，放弃了这块宝地。但他还是在八岐山西北不远处的三羊山选择了陵寝。当年朱衡王所葬之地，便是如今的王坟镇。

八岐山与朱元璋，是神话的传说，还是历史的巧合，无人考究。但如今八岐山下，朱音、朱家坡、朱崖等与朱相关的村名，以及通天、天国、太平、天和、纱帽、将军、状元等与天地呼应和治国安邦的名字，又给八岐山蒙上了一层神秘的面纱。

灵气所钟明光峰

八岐山主峰“明光峰”，居山脉东南方。一条数十米长的石缝，穿透山体。夕阳落山时，晚霞透过石缝，照射出一条明亮的光线，映照在花园河的河面上，熠熠发光，故称“明光峰”。

对“明光峰”的由来，传说当年王母娘娘率领七位公主走到八岐山前时，发现八岐山顶上有一只玉兔和一只乌龟，便连射两箭，均未射中，却射穿了八岐山的山头，形成了今天的“明光峰”。这支箭落到了山后面，落地之处，冒出了井水。现在的天井村，便由此得名。

冬日里，“明光峰”两侧寒梅傲雪，鲜花烂漫，所以又称“梅观峰”；“明光峰”两侧又如两扇敞开的大门，所以还称“门关峰”。传说当年“明光峰”的山崖上，有一个金蜂窝，大如磨盘。捉住一只金蜂，就是一颗金豆子。后来，这个金蜂窝和金蜂被一南方风水先生窃走。至今这里还留有被盗时的痕迹。所以，“明光峰”又称“宝峰”。当年山下还有一座寺院，名叫“宝峰寺”。

与明光峰相连的风暴岭和团山子，好似两个巨大的蝌蚪，它们首尾相接，形成了一个天然的太极图案，极富灵气。当人们运气不好时，都到这里拜谒，祈祷能转运。

1976年的一天晚上，这里一块巨大的山石突然崩塌，轰鸣声传遍了整个八岐山脉，在大山中久久回响。事后，人们回忆起那天，正与伟人毛泽东去世的日子巧合。人们踏在崩塌之处朝南望去，有一座山体，酷似伟人毛泽东的形象，安详地倚在群山之中。这座“伟人山”的报道被媒体广泛传播。

这里既有美丽的传说，又有真实的存在。

据专家考察，八岐山属纯石灰岩地带，属泰沂山脉中间的五井断裂带。八岐山独特的地貌，是由风化剥蚀而成。据说，很早以前，明光峰非常宽敞，八抬大轿可并排通行，而现在只剩下“一线天”了。这道天然的石缝，远去遥望，酷似一把锋利的宝剑，镶嵌在十丈高的悬崖之上，引人注目。

沿绝壁登上八岐山，透过明光峰，朝西望去，清晰看到山那边群山起舞，农舍、桑田之属；朝东望去，铸剑池碧泉汹涌，朐城高楼依稀飘渺，公路上车流如梭，阡陌间绿树葱茏，令人心旷神怡！而俯视脚下，临百丈深渊，峭壁如削，不寒而栗！

千年阁老读文状

“阁老崮”，是八岐山的最高峰，海拔608米。因峰顶似一口圆形大锅，原称“锅落崮”。因此名不雅，又以谐音“郭老崮”相称。“阁老崮”主峰突出20余米，四面悬崖峭壁，只有南面一野路可攀缘而上，有一夫当关、万夫莫开之险。传说，几亿年前，这里是一片海洋。曾有“仰天山上石门开，阁老崮上挂淤柴”和“阁老崮上挂铁锚”之说。

而“阁老崮”的由来，相传是因清初名臣冯溥而得名。

冯溥（1609−1691），祖籍系临朐冯裕六世孙。坊间传闻，冯溥考取功名那一年，一日读书劳累，抱书而睡，梦见自己来到了郭老崮。那里有一池塘，鱼翔浅底，游鱼细石，山的倒影清晰可见，旁边刻着两个字“靠山”。等到会试之日，果然进士及第。

壮志已酬，得感谢梦中神灵护佑，于是他到郭老崮祭祀山神。冯溥登上郭老崮，立于山头，一览群山小，遂感慨道：“他山岩石参差，互相轩邈，唯八岐山郭老崮山体圆润柔和，不与之争锋，故成其高。”

这座山告诉世人一个道理：欲秀于众者，必以“让”为行，以“圆”为本，方能做到外柔内坚，刚柔并济。

冯溥得益于山的启发，为官礼让圆润，后官至极品，位高权重。

康熙拜溥为相国，是为“冯国老”、“冯阁老”。冯阁老告老还乡后，隐居此山，享受天伦之乐。

点将台上看太平

八岐山的北山最出名的莫过于“太平崮”。站在太平崮上，南望八岐山，犹如八位将军，于是人们称太平崮为“点将台”。

太平崮，山顶面积4万余平方米，平坦如砥，海拔606米，巧合六六大顺之意。民国《临朐续志》记载：“乱世附近村民多避祸于此，以求太平，故名太平崮。”在“南匪”横行和抗日战争时期，花园河村民到太平崮山上避难，全村无一人受到伤害。

在这里，花园河村村民高兴林仍然记得40年前的那一天。村里一群十几岁的顽童，爬到北山点将台下，此处峭崖绝壁，高达数丈，从来没人能从正面爬上去。孩子好奇地说：“谁爬上去，谁当将军。”这十几位顽童，爬到几米高处，都退缩下来。只有一个绰号“孩子王”的顽童，一直拽着岩石中的荆条，用力登着山石攀缘而上。当他爬到半崖时，已精疲力竭。俗话说上山容易下山难。他已没有退路，只能咬紧牙关，坚持攀登。当他快要爬上山顶时，一股猛烈的山风朝他袭来。他两腿发软，随山石跌了下来。猛然间，他用力拽住了悬崖缝间的一棵山榆。这时，山下的伙伴们都吓得目瞪口呆，叫着他的乳名喊：加油，加油！在伙伴们的鼓劲声中，他用足气力，惊人地爬上了“点将台”。

他站在点将台上，又惊又喜又后怕。这时，伙伴们沿着西边缓坡跑了过来。他站在平坦的点将台上，像一位大将一样，指着对面八座山头组成的八岐山说：许将军、谭将军、高将军、马将军……八座山头，封成了八大将军。

村民们得知这一惊险的经历后，都说：这孩子福大命大，真是有山神保佑啊！40年后，这位当年的“孩子王”，果真成了指挥千军万马、驰骋沙场的大将军。他就是中央军委副主席、上将许其亮。今天八岐山下果真诞生了许乐夫、谭悦新等八位将军。八岐山、点将台、八大将军又为这里增添了神秘的色彩！

大山的信仰

八岐山，就是这么一座山。她有童话般的传说，有扑朔迷离的故事，亦真亦幻，启迪人生。不知是人们的有意还是现实的巧合，还是上帝的天设地造，这里，在没出现将军时，就有了点将台、将军岭、将军洞等与将军相关的山名，就有了太平崮、天和平、南天门、北天门、文状山、香炉山、状元伞、状元笔、笔架山、一支笔、伟人山等文武兼备、吉祥如意的名字。

八岐山，虽然没有泰山的巍峨，没有华山的秀丽，但她是一座富有灵气的大山；这里的河，虽然没有长江的激流，没有黄河的壮观，但她流淌的是富有灵性的山泉。在当今盛世的年代里，这里走出了一代大有作为的山里人。

仰望将军的功勋，目光又回到了四五十年前的小山村。他们都是从八岐山下走出去的一位位士兵。他们凭着根正苗红的真诚，大山般的胸怀，凭着泥土般原始的忠诚，一步一个脚印、一步一个台阶，成长为一位位共和国的将军。

走出大山的那天，他们戴着大红花，乡亲们敲锣打鼓，把他们送到村头。当他们要离开这座大山的时候，母亲对儿子的祝福，并不是期望儿子成为将军或领袖，而是只有平安和温饱，然后再带着平安早日回乡。而儿子对父母的祈祝，也只是让他们在温饱中长寿下去。当一架架飞机从天空中飞过的时候，母亲总是仰望着天空，祈祝儿子平安飞翔，盼望儿子早日归来；当他们驾着铁鹰从这块大地上飞过的时候，多想看到在田间耕作的父母乡亲！当他们指挥着一艘艘战舰，行驶在祖国的大海时，他们多么希望再回到八岐山下的小河边，掬起一捧甘甜的泉水，滋润一下那久违的心田！

在这里，再次回想起这位将军的名字。那位淳朴而正直的年轻人，离开这片土地已经多年。他家的几间老屋，依然是青石作基、麦秸作檐，平凡得像一件粗布衣服，但他留住了祖辈相传的贫穷、奋斗、善良和抗争。屋顶上那一缕缕炊烟，升腾着亘古不变的命脉和哲理。目光移到一代将军的祖墓。青青小河畔之北一普通的山坡，香火和青草串起了寻常人家祭奠亲人的情缘。没有博大的气象，没有炫目的叠立，没有霸气的张扬。正因为他与八岐山相连，与花园河水相通，与众生之魂共同享受着阳光的照耀和大地的哺育，才获得了与乾坤之元气、人间之正气的贯通，才拥有了大地赐予的春秋轮回的果实！

作者简介

谭佃贵，生于八岐山下的临朐县五井镇花园河村。放过牲畜，挖过野菜，上山砍柴留下道道伤痕。善于用哲理的文学报道时尚的新闻。在全国省市报刊发表作品100余万字，有30多篇获奖。曾干过村文书、乡镇通讯报道员、县广播电台编辑记者、农村大众报潍坊记者站站长。现供职大众日报社，记者，《潍坊大众》主编，兼任《大众书画刊》编委会主任。系山东省作家协会会员。

八岐山的天空（组诗）

谭佃贵

八岐颂

岭成屏障峰成戟，山为笔架田为砚。

八岐自古藏龙韵，云水和贵生紫烟。

八岐嵌名

明光映照通天路，天门紫烟起香炉。

千年阁老读文状，点将台上太平图。

八岐将军

一

八岐明光照铁衣，慈母噙泪送征程。

铁鹰长空驾风云，精忠报国筑长城。
故乡闰土闻军威，南山举杯忆牧童。
山风击鼓壮豪情，剑戟犁雨任驰骋。

二

黄龙明镜理军容，骈邑人杰凭地灵。
八岐路险出才俊，乡土一捧筑疆域。
春秋几度鹏程远，未忘故土寻旧梦。
将军挥手拂鬓发，共绘盛世和平花。

魂牵梦系的家乡

谭树中

夜深了！放下手中的文稿，来到窗前。黑色的大幕下，城市的霓虹灯和一辆一辆的汽车发出的或远或近、或明或暗的灯光，让夜色不再孤单。

电脑中，一曲悠远的陶笛——家乡的原风景，轻轻地缓缓地跟了上来，飘入耳中。这是我比较喜欢的几首音乐之一，可以放松心情，能够激起对家乡无限的相思。

是啊，家乡总是忘不掉的。那记忆中的青山黄土、红叶秋柿、石碾土墙，总能萦绕在思绪中，一会儿起、一会儿落，沾满风尘，打湿衣衫，无法拒绝。

我出生的村庄，在临朐县城西10公里处。据传是明洪武八年，由谭姓族人自山西洪洞迁居至此而立，名谭马庄。临朐“八大景”之首石门坊即在村西，有“骈邑石门晚照残”的美景。

小时候的记忆中，村庄毗邻山麓，树木掩映着座座土石房，袅袅的炊烟缕缕而升。每到傍晚的时候，老人们就会站院前或巷头大声叫喊自家孩子的乳名，让他们回家，而孩子们不愿停止的嬉闹与三三两两的狗叫，则会继续持续好一阵。

每当这个时候，我多是坐在村头场里的柴火垛上，看太阳红红的余辉偷偷地躲到大山的背后；看残日余晖的黄昏里，半蓝半黑的天空背景上一缕缕缥缈的云，或洁白或绯红。我不知道为什么喜欢这样，是讨厌天黑，还是向往光明，或是喜欢那光明中的五彩世界？

或许真的是喜欢那光明中的五彩吧，我自小就对色彩比较敏感，喜欢在秋后爬到山上，细细地看那黄栌红叶和金黄的柿子。即使夏季绿满山头，我也总感觉不如这红叶秋柿在眼中的爽利。

但山村中，哪还有那么多的色彩。记得在八九岁时，山村的房屋多是以石头和黄土做成，低矮杂乱；人们的身着不是土灰色就是深蓝色，要是有一身绿军装，那就是时尚；整个山村，很久以后才有了一家小卖部，蜡烛、针线、酱、油、醋，仅此而已。

人们白天下地干活，一身尘；夜晚，整个村庄漆黑黑的，家中几瓦的灯泡，暗暗的黄光，照不透一间北房。即使这样，每一周总会有二三天是停电的。

那时候的县城，在儿时的心里是宏大而多彩的，有汽车，有楼房，还有电影院和图书馆，晚上也不停电，多么牛的地方啊。

直到上了初中，我才有了到县城看看的机会，与几个伙伴一起骑着借来的大金鹿自行车，沿着崎岖的山路用了近一个小时才到那里，再用30分钟从县城南头骑到北头，从西头骑到东头。我看到了心里想着的四层高的楼房，看到了两辆汽车，原来真的很快。我还专门到电影院前当时全县唯一的红绿灯路口看了看，百货大楼、国营商场、供销商店，更是一家都没落下。

晚上，村里在县城工作的老叔请我们看了一场电影，虽然是黑白的，但感觉棒极了。从电影院出来，我们兴奋地讨论着电影里的情节，准备回家。这时我突然发现，县城马路上的一侧竟然是有路灯的，虽然也是黄黄的灯光，但感觉却是那么的明亮，真是不可思议。

“快看，路上有电灯，真亮啊。”我招呼着小伙伴，心想：这就是我们的县城啊，要是村里也这样该多好啊。

这个念头一直到1980年我考上大学来到了济南才逐渐消失，因为我看到了济南的高楼大厦、车辆川流、城市繁华，看到了这里夜晚的灯火通明。心目中的县城，在一夜间被那片灯火辉煌生生地遮盖到了心底。

异乡的日子总是过得很快，4年的大学时光转眼即逝，让我学到了很多，也懂得了很多。家乡的建设不是一蹴而就的，相对于大城市，她还有很长的路要走。但时间的流逝早已悄然将我内心深处的家乡化为一片美丽而不可言说的风景。

那是一个无限美好、精彩斑斓的家园，有淳朴的乡情、美丽的风景、幸福的人生，有白天的熙熙攘攘，有夜晚的灯火阑珊。这是我的念想。对家乡无法磨灭的敬仰，就如从树上掉落的种子，即使深掩土中，也无法抹去成长的痕迹和岁月，看似虚无，却深刻地拓印在心间。

盛夏时节，家乡宣传部的朋友陪我回家看看。那几日，我走过很多地方，有家门口的石门坊，有滋养临朐人的弥河，有巍峨的沂山，还有不断扩大的县城。我竟“迷路”了，我到处寻找儿时的记忆，却被天壤之别的变化震惊得五体投地。

从潍坊出发时，已经是晚饭后，汽车行驶在新修的公路上，平稳而快速。漆黑的夜晚，无法看透两边的景色，但似箭般的归乡之心，却始终在车前指引。

一条光明大道突如其来地出现在眼前，绵亘蜿蜒直到远方，车窗两边豁然明亮，一块巨大的奇石耸立在路边，如哨兵般挺拔，红色的“临朐”两字镶嵌其间。原来，已到了临朐与昌乐的交界处，从此处一直到临朐县城，公路两侧都安装上了路灯。白色的灯杆笔直而上，托起海鸥似的灯架，翅膀两头各有一盏明灯，如雨水般抛洒下洁白的灯光，为黑夜中的归乡人照亮了行程。

我睁大眼睛，把脸转向车窗，静静地看着外边一个接一个的灯杆，想发现一根小时候电影院前那发着黄色光芒的路灯，但直到汽车停靠在临朐招待所门前，灯光依旧是白色的，终究没有。

那一夜，我辗转反侧了许久才渐渐睡去。睡梦中，一个小男孩招呼着他的伙伴，指着马路一侧发着黄黄灯光的路灯说，“快看，路上有电灯，真亮啊。”我努力想看清那个路灯的样子，但总是看不清，远远的感觉像海鸥。

清晨，太阳半醒的时候，青青的天空还残留着一点黑，我走在了街道上。小城的街道，两边密植树木，有些是洋槐，有些是法国梧桐，因为年月的久长，枝干繁茂，遮掩着道路，行走其中，如在林间。道路虽不宽，两旁的店铺却很多，有的已经打开了店门，忙着整理货物。沿路向东，林立着很多高楼大厦，有建成的、有在建的，有住宅楼、有商品楼，其中一座在建的数了数有20多层。

边走边看，来到了一处河滨广场，早有几十位年长之人在此锻炼。河滨碧波千顷、湖光潋滟，像一条绕城缠腰的玉带，缠绵在县城与对面的小山之间。河岸浅水处，可看见几群小鱼在游来游去。河中央，数只水鸭游戏其间，让沉稳平静的河面平添了几分笑脸。

站在河旁木质结构的廊桥上，可见雕塑、景桥似珍宝点缀，竖柳、鲜花如玉扣成排，清澈的河水透着清爽的淡绿，缓缓而流，倒映着小山上的汉塔唐阁，青山绿水，点点凉亭，似真似幻，妙不可言。深吸一口气，舒展一下筋骨，仿佛人世间的苦闷疲累一扫而光，惬意至极。

记忆中，这里应该是临朐的母亲河弥河啊，对面的小山就是朐山。我清楚地记得，弥河九曲十八弯，临朐八大景中“弥水澄清通地底”说的就是其流经朐山的这一段。20世纪80年代开始，弥河水质污染较重，河道两岸，垃圾遍地、杂草丛生；河道内，则遍布因挖沙取土形成的大坑，弥河早已不是从前。

还是赶过来找我的朋友介绍了一下。为了加快生态城市建设，临朐投入2.2亿元，集防洪、绿化、文化、旅游、健身、娱乐功能于一体，大规模整治开发弥河两岸，打造了“湖映青山千林绿，一带碧水贯朐城”的新景观，一批起点高、配套全、品质优，贴近市场需求的精品社区在两岸悄然兴起，受到了朐城百姓的追捧。

美丽而古老的弥河啊，流淌着临朐的历史和文化、血脉与灵魂，见证了家乡日新月异的变化。

我迫不及待了，想回谭马庄看看。沿朐山路向西，一条大路笔直而去，从城区远远地延伸到尽头的山下，好似连接到了天边。

朋友说，这是新修建的公路，到家更快捷，还介绍着县城的变化。但对不起了朋友，我哪里还顾得听你说什么，因为遥望中好似看见了村里的后山。

十几分钟的路程后，我不可思议地看着眼前这座村庄。如果不是马头崮还在，如果不是石门坊还在，哪里认得出这是生我养我的山村。双向四车道的沥青公路穿村而过，一排排的红瓦水泥墙砖房，一条条水泥硬化小巷坐落两边。村头，小学里设施已是更新换代，一辆干净的黄色大巴校车停在校门口，似门神一般。小卖部也不见了，不是，它变大了，变成了好几个小商场，南北货物琳琅满目。几个老汉穿着讲究，在树荫下喝茶盘棋。

咦，怎么还有饭店，记忆中没有啊。好好看看，是农家乐，一家、两家，三家……我不可思议地看着眼前这座村庄，这就是那个小山村啊！

家人告诉我，随着石门坊的旅游开发，村里也跟着发了家。石门坊吗，我记得啊。小时候，那是我喜爱爬山的地方。每年的九月初九重阳节前后，整个山上霜染层林，红透的树叶映红了山峦。站在山顶，极目远望，峭壁林立，树木异常丛茂，屏翠叠嶂，怪石与奇岩相依相偎。山上山下除了黄栌，还有很多苍松翠柏，红黄绿交相辉映，色彩艳丽。

石门坊吗，我记得啊。崇圣寺边的石壁上刻有“晚照”两个行书大字。山壁之下，绿树成荫，光线幽暗，待日西斜，残阳返照，一束光柱透过林隙；“晚照”光彩顿现，若明镜高悬幽谷，为“骈邑石门晚照残”的佳句所由。

家人说，现在石门坊已经成立景区了，面积比以前大了好几倍，还举办了红叶文化节，已经是十八届了。今年山东首届乡村旅游节就是在这里开幕的。

沿着山村的小路，拖着沉睡已久的记忆，我缓缓爬到石门坊的山顶上，看鸟雀追逐，听树叶哗哗，吸吮着松树的芬芳，扶着疲惫的身影，我从记忆中醒来，在家乡的怀抱里，宁静了漂泊的心灵。

在朋友的陪伴下，我又踏上了新的家乡之旅。从村里出来，沿南环路向东几分钟的车程，就来到了一座现代化的厂区。这是产什么的啊？这是伊利集团千吨液态奶暨冷饮复合加工项目，是目前山东半岛最大的奶制品复合加工基地。

再向东十分钟，来到了华艺雕塑。在潍坊，我看过他们的“百子闹鸢图”，原来产地在这里。企业解说员说，他们是山东省规模最大的专业雕塑企业，设计制作的巨型铸铜雕塑、锻铜雕塑、动态雕塑、大型浮雕等畅销国内，出口美国、日本、西班牙等十多个国家和地区。

我素来知道临朐是小戏之乡，没想到文化产业也如此厉害。朋友笑了，还有更厉害的。

还是向东，一路驶去，沿路风景、山水、木石每物皆有，又处处不同，一步一景。各类企业餐饮业密集相连，人来人往，繁荣兴盛。各类小车大卡川流不息，本地牌照的宝马、奔驰等名车竟也见过好几辆。

车在华建铝业停了下来。朋友说，这是国内铝合金建筑型材和工业型材重点生产企业之一，年产能力20万吨。临朐现在是中国江北最大的铝型材批发市场，生产的铝型材都供应到高铁、飞机上了。

继续下去的是很多的新记忆，比儿时的回忆更加冲击着我的思维，我不知道，曾几何时，临朐的经济变得这样强大。

是的，改革之风吹醒了临朐，让她从保守、沉稳中萃取力量，将沉睡千年的能量激发。创业、发展，凭着血脉里的实诚和勤劳，一腔热血喷薄而出，化作无限动力推动着小城越来越好。

街道宽了，楼房高了，俊男美女们打扮的时尚青春走在街道上。一切都慢悠悠的小城变成了驶上快车道的跑车，轰鸣着开往春天。深藏了那么久，步子一旦迈出了，又有什么惊喜不可能出现?

离去的日子终究到来。夜晚，朋友摆酒给我送行，一杯一杯的家乡佳酿化作守望和期待，化作牵挂和激动，化作欢喜和兴奋，入口、穿肠、沉淀心头。

我是带着一颗从未忘怀的心回来的，一路颠簸辗转，久违的心与愈加明媚的乡容相拥相融。我是带着一颗感动和兴奋的心回来的，美丽富饶的景致已替代了昨天的迷蒙和彷徨；含愁的乡恋醉了一轮孤月，我在星空中大声为家乡叫好。

朋友说，你醉了。朋友啊，身在家乡，哪有不醉人的异乡客。妖娆的夜色下，我提出再看看家乡。坐在汽车里围着小城转了一圈一圈又一圈，穿街走巷，灯火通明，人来车往。我仿佛又看到了刚上大学时看到的情景，心目中的宏大而多彩冲破了重重阻挡重新回到脑海。

我摇下车窗，贪婪地看着这一切，拍打着双手，想放歌高呼，这是我的家乡，这是我的家乡！喜悦在脸上绽放，泪水已打湿了脸庞。

魂牵梦系的家乡啊，捧在手心，我无法放下。岁月终将逝去，家乡又怎能相忘。

作者简介

谭树中，临朐县城关街道人，现任潍坊报业集团总编辑、总经理。